新潮文庫

クロイツェル・ソナタ
悪魔

トルストイ
原卓也訳

新潮社版

2182

目次

クロイツェル・ソナタ　悪魔

クロイツェル・ソナタ

しかし、わたしはあなたがたに言う。だれでも、情欲をいだいて女を見る者は、心の中ですでに姦淫《かんいん》をしたのである。

（マタイによる福音書第五章二八）

弟子たちは言った。「もし妻に対する夫の立場がそうだとすれば、結婚しない方がましです」

するとイエスは彼らに言われた。「その言葉を受けいれることができるのは、すべての人ではなく、ただそれを授けられている人々だけである。

というのは、母の胎内から独身者に生れついているものがあり、また他から独身者にされたものもあり、また天国のために、みずから進んで独身者となったものもある。この言葉を受けいれられる者は、受けいれるがよい」

（マタイによる福音書第一九章一〇、一一、一二）

1

早春のことだった。わたしたちは二昼夜も汽車の旅をつづけていた。乗り降りするのは近距離の客ばかりだったが、わたしと同様、始発駅からずっと乗りづめの客が三人いた。半ば男物のようなオーバーに、帽子をかぶっている、疲れきったような顔立ちの、不器量な、煙草《たばこ》好きの、中年の婦人と、その知合いで、真新しい荷物をきちんと整えた、四十くらいの、話好きな男、それに一人ぽつんと離れて坐《すわ》っている、中背の紳士だった。この紳士は動作が唐突《とうとつ》で、まだ年寄りではないのだが、縮れた髪は明らかに年齢よりも早く霜をおき、異様なほど光る目が対象から対象へすばやく移るのだった。紳士はアストラカンの襟《えり》のついた、高価な仕立ての古いオーバーを着て、背の高いアストラカンの帽子をかぶっていた。ボタンをはずしたとき、そのオーバーの下に、ハーフコートと、刺繡《ししゅう》の入ったロシア風のルバーシカとが見えた。さらにこの紳士の一種独特な点は、時おり、咳払《せきばら》いとも、あるいはまた、笑いかけてふっとやめた声ともつかぬ、異様な物音を発することだった。

この紳士は旅行の間ずっと、つとめて他の乗客たちとの交流や近づきを避けるようにしていた。近くの客が話しかけても、言葉少なくそっけない返事をするだけで、本を読んだり、窓外を眺《なが》めて煙草を吸ったり、あるいは古ぼけた袋から食べ物をだして、お茶を飲んだり、腹ごしらえをしたりしているのだった。

彼が孤独に悩んでいるような気がしたので、わたしは何度か話しかけようとしたのだが、斜め向い合せに坐っていたため、そういう機会はしばしばあったのに、目が合うたびに彼は顔をそむけて、本を手にするか、窓外を眺めるかするのだった。

二日目の日暮れ前、ある大きな駅に停車していたとき、この神経質な紳士は熱い湯をもらいに行ってきて、自分でお茶をいれた。真新しい荷物をきちんと整えた紳士は、あとでわかったところだと弁護士だったが、隣席の、半ば男物のようなオーバーを着た煙草好きの婦人といっしょに、駅舎へお茶を飲みに行った。

紳士と婦人のいない間に、車室に数人の新しい乗客が入ってきたが、その中に、貂《てん》の毛皮外套《がいとう》に、庇《ひさし》の大きなラシャのハンチングをかぶった、見るからに商人らしい、長身で無髯《むぜん》の、皺《しわ》だらけな老人がいた。商人は婦人と弁護士の席の向いに腰をおろし、やはりこの駅で乗りこんできた、見たところ商店の番頭風な若い男と、すぐに話をはじめた。

わたしはは す向いに坐っていたし、停車中だったので、だれも通らぬときには、二人の会話を断片的にきくことができた。商人はまず、自分が一駅先にある領地へ行くところであると告げた。それから、型通り、物価や商売の話がはじまり、例によってモスクワの最近の商いぶりの話になって、そのあとニージニイ・ノヴゴーロドの定期市の話になった。番頭が共通の知人である裕福な商人の、定期市での豪遊の話をはじめたが、老人はしまいまで話させず、かつて彼自身も加わったという、クナーウィノ（訳注　ニージニイ・ノヴゴーロドの郊外の村）でのどんちゃん騒ぎの話をはじめた。どうやら老人は、それに加わったことが得意らしく、はた目にもわかるほど嬉《うれ》しそうに、自分とその知合いの商人とがあるとき、酔った勢いで、大きな声では話せぬようなわるさをやってのけたてんまつを話してきかせたので、番頭は車室じゅうにひびくほどの声で笑いだし、当の老人も黄色い歯を二本むきだして笑いだした。

べつにおもしろい話をきけそうな期待もなかったので、わたしは発車までプラットフォームを散歩しようと席を立った。と、歩きながら何やら生きいきと話し合っている弁護士と婦人に、戸口で出会った。

「間に合いませんよ」愛想のいい弁護士が言った。「もうじき第二ベル（訳注　ロシアでは第三ベルで発車する）ですから」

たしかに、わたしが列車のはずれまで行きつかぬうちに、ベルが鳴った。席に戻ると、婦人と弁護士の間で、活発な会話がつづいていた。老商人は無言のまま二人の向い側に坐り、きびしい目で正面を見つめて、時おり感心せぬように歯をもぐもぐさせていた。

「それから、その女は夫にずばりとこう言い渡しましてね」わたしが横を通りかかったとき、弁護士は微笑しながら、こう言っていた。「つまり、あなたと暮すことはできないし、暮したいとも思いません、なぜって……」

そして彼はさらに何やら話しはじめたが、わたしにはききとれなかった。わたしのあとから、さらに乗客が何人か通りすぎ、車掌が通ってゆき、協同組合員が駆けこんできたりしたので、かなり永いことざわめきがつづき、そのために話がきこえなかったのだ。すべてが静まって、ふたたび弁護士の声がきこえたときには、話は明らかに、個人的な出来事からもう一般的な判断に移ったようだった。

弁護士は、今や離婚問題がヨーロッパの世論を占めていることや、わが国でも同じような事態がふえる一方だということなどを話していた。きこえるのが自分の声だけなのに気づいて、弁護士は話を打ち切り、老人に声をかけた。

「昔はこんなことはありませんでしたね、でしょう?」こころよい笑顔を見せて、彼は言った。

老人は何か答えようとしたが、このとき、列車が動きだしたので、ハンチングをぬぎ、十字を切って、小声でお祈りを唱えはじめた。祈りを終え、十字を三度切り終ると、老人はハンチングを深くまっすぐにかぶり、座席の上で姿勢を正して、話しだした。

「そりゃ、あなた、以前にもありましたけれど、ただ今より少なかったですね」老人は言った。「今の時代ではそういうことがなければふしぎですよ。なにせ、ひどく教育のある人間ばかりになってきましたからね」

列車がますます速度をあげながら、レールの接《つ》ぎ目ごとにゴトンゴトンと音をたてるため、話がよくききとれなかったが、話がおもしろそうなので、わたしは近くに席を移した。わたしの相席である、眼光の鋭い神経質な紳士も、どうやら興味をそそられたらしく、席こそ立たなかったが、耳を傾けていた。

「でも、教育がなぜいけないんでございますの？」かすかにわかる程度の微笑をうかべながら、婦人が言った。「それじゃ、昔のように、新郎新婦がお互いの顔さえ見たことがないといった結婚のほうが、よろしいんでしょうかしら？」大方の婦人の癖で、彼女は話し相手の言葉にではなく、相手が言うだろうと思われる言葉に答えながら、つづけた。「昔は、愛し合っているかどうか、愛するようになれるかどうか、それもわからずに、相手かまわず結婚させられて、一生苦しんだものですわ。それじゃ、あなたのお考えでは、そのほうがよろしいんですの？」明らかに当の話し相手の老人はいちばん眼中になく、もっぱらわたしと弁護士に話を向けて、彼女は言った。

「なにせ、ひどく教育のある人間ばかりになってきましたからな」軽蔑《けいべつ》するように婦人を眺め、彼女の問いには答えずに、商人はくり返した。

「ひとつ伺いたいものですが、あなたは教育と、夫婦間の不和との関係を、どのように説明なさるんですか？」かすかにわかる程度にほほえみながら、弁護士が言った。

商人が何か言おうとしたが、婦人がそれをさえぎった。

「いいえ、そんな時代は終りましたわ」彼女は言った。しかし、弁護士がそれを制した。

「いや、この方にご自分の考えを述べていただきましょうや」

「教育から生れるのは、愚劣さだけですよ」断定的に老人が言った。

「愛し合ってもいない者を結婚させて、そのあと夫婦仲がうまくゆかぬとおどろいているんですものね」弁護士やわたし、さらには座席から立ち上がって椅子《いす》の背に両肘《りょうひじ》をつき、にやにやしながら話に耳を傾けている番頭の方までかえりみながら、婦人がせきこんだ口調で言った。「主人の思いどおりにかけ合せることができるのは、動物だけですわ。人間には自分の好みや、惹《ひ》かれる気持がございますもの」明らかに商人の気持を傷つけようとして、彼女は言った。

「そんなふうにおっしゃっても、むだですよ、奥さん」老人が言った。「動物は畜生にすぎませんが、人間には掟《おきて》が定められていますからね」

「ですけど、愛情がないというのに、どうしていっしょに暮していけますかしら?」どうやら自分の考えがきわめて新しいものに思われたらしく、婦人はなおもせきこんで言った。

「以前はそんなことなぞ詮議《せんぎ》しなかったものです」嚙《か》んで含めるような口調で、老人が言った。「それはこの節の流行にすぎませんよ。ちょっと何かあると、女はすぐに『それじゃあたし出ていくわ』と言うんですからね。百姓たちの間にも、まったく同じ風潮がはやりだしましたよ。『ほら、これがあんたのシャツとももひきよ。わたしはワーニカといっしょになるわ。あの人のほうがあんたより縮れ毛だもの』と、こうでさあ。お話になりませんよ。女にいちばん必要なのは、恐れでなけりゃいけないはずですがね」

番頭は、明らかに商人の話の受けとられ方しだいで、笑いとばすことも、賛成することもできるように身構えながら、微笑を抑えて、弁護士と婦人とわたしとを眺めた。

「恐れっておっしゃいますと？」婦人が言った。

「つまり、自分の夫を恐れる気持です！　そういう恐れですよ」

「まあ、あきれた、そんな時代は過ぎましたわ」ある種の敵意さえこめて、婦人が言った。

「いいえ、奥さん、こういう時代が過ぎ去るなんてことはありません。イブは、女性は、男の肋骨《ろっこつ》から造られたときのままの姿で、世の終りまでありつづけるのですよ」老人が勝ち誇ったように、いかめしく首を振って、こう言ったので、番頭はすぐさま、勝利は商人の側にあると断定し、大声で笑いだした。

「あなたがた男性は、そういう考え方をなさいますのね」婦人は屈しようとせず、わたしたちを見まわしながら、言った。「ご自分には自由を与えておきながら、女は奥座敷に閉じこめておこうとなさるんですわ。どうせ自分たちは好き勝手なことをなさるんでしょうに」

「好き勝手なことなんぞ、だれもさせちゃくれませんよ。ただ、男からはべつに何一つ家の中に生じやしませんが、妻という女はこわれやすい器ですからね」商人は教えさとすようにつづけた。

商人の嚙んで含めるような口調が、明らかにきき手たちを打ち負かし、婦人も圧倒されたような気持にすらなったが、なおもひるまなかった。

「そうですわね。でも、あなたも同意してくださると思いますけれど、女性だって人間ですし、男性と同じように感情ももち合せておりますのよ。ですもの、もし夫を愛していなかったら、どうすればよろしいんですの？」

「愛していない、ですと！」眉《まゆ》と唇《くちびる》を動かして、商人が脅《おど》すようにくり返した。「たぶん、愛すようになるでしょうよ！」

この思いがけぬ論拠が、とりわけ番頭には気に入ったので、彼は賛同するような声《こわ》音《ね》をたてた。

「いいえ、愛すようになるもんですか」婦人が口を開いた。「愛情がなければ、それを強制することなぞできませんわ」

「じゃ、もし妻が浮気をしたら、どうなるんです？」弁護士が言った。

「そんなことは考えられませんよ」老人は言った。「それは監督していなけりゃいけませんな」

「万一そうなったら、どうすりゃいいんです？　よくある話じゃありませんか」

「人によっちゃ、よくある話かもしれませんが、わたしらの間にはありませんな」老人が言った。

みなが沈黙した。番頭が身じろぎして、さらに近くに寄り、どうやらほかの人たちに遅れをとりたくない様子で、微笑しながら、話しはじめた。

「そう、うちの若い者にも恥さらしな騒ぎがもち上がりましてね。これもとやかく判断するのはむずかしすぎる問題でした。やはり尻軽《しりがる》な女にぶつかりましてね。女が浮気をはじめたんです。若者のほうは、思慮分別も発達した、きまじめな人間なんですがね。女は最初、帳簿係とくっついたんです。若者はそれでも穏やかに言いきかせにかかったんですが、女は静まりやしません。わるさの限りをつくしましてね。亭主の金を盗むようになったんです。そこで亭主が殴《なぐ》りつけたんですが、どうでしょう、ぐれる一方なんですよ。しまいには、こんな言い方をしてなんですが、洗礼も受けていないユダヤ人と乳くり合う仲になりましてね。亭主はどうすりゃいいんです？　結局、すっぱりと女を棄《す》てて、今でも一人暮しをしてまさあ。女のほうは男から男へ渡り歩いてますけどね」

「そりゃ、その男がばかだからですよ」老人が言った。「最初から女に勝手な真似《まね》をさせたりせず、本式にしめあげてさえいりゃ、その女だってまともな生き方ができたでしょうに。最初から好き勝手にさせぬことが大切ですよ。野原の馬と、家の中の女房とは、信用しちゃいけません」

このとき、車掌が次の駅までの人の切符を集めにきた。老人は切符を渡した。

「そう、女性ってやつは早いうちにしめあげとかなけりゃいけません、さもないと何もかもがだめになりますからな」

「でも、そういうあなたご自身、今しがた、クナーウィノの定期市で女房持ちの男どもがどんちゃん騒ぎをした話をなさってたのは、どういうわけなんです?」わたしはこらえきれなくなって、たずねた。

「あれは特別の場合ですよ」商人は言って、沈黙にふけった。

汽笛が鳴りひびくと、商人は立ち上がって、座席の下から袋をとり、オーバーを掻《か》き合せ、帽子を軽くあげてあいさつしてから、デッキに出て行った。

2

老人が出て行くやいなや、何人かの声で話が起った。

「旧弊なじいさまですね」番頭が言った。

「まさに生ける家庭訓(訳注 ロシア古代文学の作品)ですわ」婦人が言った。「何て野蛮な女性観や結婚観でしょう!」

「そうですね、われわれはヨーロッパ的な結婚観からまだほど遠いですね」弁護士が言った。

「とにかく、ああいう人たちの理解していない、いちばん肝心の点は」婦人が言った。「愛情のない結婚など結婚ではないということですわ。結婚を神聖にするのは愛情だけであり、真の結婚とは愛情によって神聖にされるものだけだ、という点ですわ」

番頭はこのむずかしい話をできるだけたくさん請け売りするために、おぼえておこうとして、ほほえみながら、傾聴していた。

婦人の話の最中に、わたしの背後で、とぎれた笑い声とも嗚咽《おえつ》ともつかぬ声がきこえたので、ふり返ってみると、それはわたしの相席の客である、眼光の鋭い、孤独な白髪の紳士だった。彼はどうやら今の会話に興味をそそられたらしく、話の間にいつのまにかわれわれの近くに来ていたのである。両手を座席の背にのせて立ち、明らかにひどく興奮しているらしかった。顔が赤く上気し、頬《ほお》の筋肉がふるえていた。

「それはどういう愛情ですか……愛情……結婚を神聖にする愛情とは?」口ごもりながら、彼は言った。

話相手の興奮した精神状態に気づいて、婦人はできるだけ穏やかに、慎重に答えようと努めた。

「真の愛情ですわ……男と女の間にその愛が存在してこそ、結婚も可能ですのよ」婦人は言った。

「そうですか、しかし真の愛情とは何を意味するんでしょう?」眼光の鋭い紳士は、ぎごちない笑みをうかべながら、臆《おく》した態度で言った。

「愛がどういうものかは、だれでも存じておりますわ」明らかにこの紳士との会話を打ち切りたい様子で、婦人は言った。

「ところが、わたしは知らないんです」紳士が言った。「あなたのおっしゃっている意味を、はっきりさせませんとね……」

「何ですって? しごく簡単なことですわ」婦人は言ったが、考えこんだ。「愛ですか? 愛とは一人の男なり女なりを、ほかのすべての人とくらべて、特に大事に思うことですわ」彼女は言った。

「大事に思うのはどれくらいの間ですか? ひと月ですか? 二日、それとも三十分ですか?」白髪の紳士はこう言い放って、笑いだした。

「いいえ、失礼ですけれど、どうやら話題が違うようですわ」

「とんでもない、同じ話題ですとも」

「こちらのおっしゃっていることはですね」婦人をさして、弁護士が口をはさんだ。

「結婚は何よりもまず、相手に惹《ひ》かれる気持、なんなら愛情と言ってもかまいませんが、そこから生じなければならないし、そういう気持がちゃんと存在していれば、そういう場合にのみ結婚が、いわば神聖なものになる、ということなんですよ。さらに、どんな結婚でも、その根底に相手に惹かれるごく自然な気持、なんなら愛情と言ってもいいですが、それがなかったなら、何一つ道義的な義務をもたない、ということです。わたしの解釈でよろしいですね？」彼は婦人をかえりみた。

婦人は自分の思想の解説に対する是認を、頭の動きであらわした。

「さらに……」弁護士は話をつづけにかかったが、今や火のように両眼を燃えあがらせた最初の紳士は、明らかにやっと自分を抑え、弁護士に最後まで話させずに、言いだした。

「いいえ、わたしの言っているのも同じことです。ほかのすべての人にくらべて、一人の男なり女なりを大事に思うことを言っているんです。ただ、わたしがおたずねしているのは、そういう気持がどれくらいの間つづけばいいかという点なんですよ」

「どれくらいですって？　いつまでもですわ、時には一生涯のこともございましてよ」肩をすくめながら、婦人が言った。

「しかし、それは小説の中だけで、人生には決してそんなことはありませんよ。人生では、ほかの男にくらべて一人を何年間も思いつづけるなんてことは、ごくたまにしかないことで、たいていは数カ月間、でなけりゃ数週間、数日間、数時間しかつづかないもんです」明らかに自分の意見がみなをびっくりさせていることを承知し、それに満足しながら、彼は言った。

「まあ、何てことを！　とんでもない。失礼ですが、それは違いますよ」わたしたち三人は口をそろえていっせいに言った。番頭までが、感心せぬような声をあげたほどだった。

「そう、わたしにはわかってます」白髪の紳士はわれわれを圧倒するような大声を張りあげた。「あなたがたがおっしゃっているのは、存在すると思われているものに関してだし、わたしの言うのは、現に存在するものなんです。どんな男でも、美しい女性の一人ひとりに対して、あなたがたが愛情とよぶ気持を経験するのです」

「まあ、恐ろしいこと。何をおっしゃるのです。でも、人間の間には、愛とよばれる感情があって、それは数カ月とか数年とかではなく、一生つづくじゃございませんか？」

「いいえ、違います。かりに男なら特定の女性を一生大切に思いつづけることがあると仮定しても、女はまず確実なところ、ほかの男に心変りしますよ。過去も現在もそれがこの世の常なんですから」紳士は言って、シガレットケースをとりだし、煙草《たばこ》に火をつけた。

「しかし、相思相愛ってこともありえますからね」弁護士が言った。

「いいえ、あるもんですか」紳士が反論した。「ちょうど、エンドウ豆を積んだ荷馬車の中で、目印をつけた二つの豆が並んでいるなんてことがありえないのと、まったく同じですよ。それだけじゃなく、この場合、問題は人の心の頼みがたさだけではなく、確実に飽きがくるってことなんです。一人の女なり男なりを一生愛しつづけるなんて、一本の蠟燭《ろうそく》が一生燃えつづけると言うのと、まったく同じでしてね」むさぼるように煙草を吸いこみながら、彼は言った。

「ですけれど、あなたが終始おっしゃっているのは、肉体的な愛のことだけですわ。それじゃ、理想の一致とか、精神的同化とかにもとづく愛を、あなたはお認めにならないんですの?」婦人が言った。

「精神的同化ですって！　理想の一致か！」例の異様な音を発しながら、紳士はくり返した。「でも、そうなると、粗野な言い方で失礼ですけれど、いっしょに寝るのは無意味になりますね。さもなければ、理想の一致した結果、いっしょに寝るってことですね」彼は言って、神経質に笑いだした。

「しかし、失礼ですが」弁護士が言った。「事実はあなたのおっしゃることと反しますね。現に夫婦生活が存在していることや、人類全体、もしくはその大部分が結婚生活をいとなんでおり、しかも多くの人が長期にわたる結婚生活を誠実に送っていることを、われわれは目《ま》のあたりにしていますからね」

白髪の紳士はまた笑いだした。

「あなたは、結婚は愛情にもとづくなんて言うかと思えば、わたしが官能的なもの以外に愛の存在することに疑念を表明すると、今度は結婚が存在するということによって愛の存在を証明なさろうとするんですね。そう、現代では結婚なんて欺瞞《ぎまん》にすぎませんよ！」

「そうじゃありませんよ、失礼ですが」弁護士が言った。「わたしは、結婚というものが存在したし、現在も存在していることを、言っているまでなんです」

「そりゃ存在していますとも。ただ、なぜ存在しているんでしょう？　結婚の中に何か神秘的なもの、神に対して義務を背負わせるような神秘を見いだす人々の間には、たしかに結婚は存在してきたし、今も存在しています。そういう人たちの間には存在しても、わたしたちの間には存在しないんですよ。われわれの間では、結婚というものに性行為以外の何物をも見いださずに、人々は結婚するんです。だからその結果は、欺瞞か、でなければ強制ということになってしまうのです。欺瞞であれば、まだしも堪《た》えやすい。夫婦が一夫一婦の生活を守っているように、世間の人々を欺《あざむ》いて、その実、一夫多妻や一妻多夫の生活をしているだけの話ですからね。これもいまわしいことですが、まだ我慢できます。ところが、いちばん多く見られるように、夫婦が一生いっしょに暮すという対世間的な義務を背負いこんでしまい、ふた月めからもう互いに憎み合って、別れたいと望みながら、それでもやはりいっしょに暮しているということになると、これはまさに恐ろしい地獄で、そのために酒に溺《おぼ》れたり、ピストル自殺したり、刃物や毒薬で自殺したり、互いに殺し合ったりするようになるんです」だれにも言葉をはさませようとせず、ますます早口に、ますますむきになって、紳士は語った。だれもが沈黙していた。気づまりだった。

「そう、たしかに夫婦生活には危機をはらむ事件がいくつもありますからね」礼儀に反するほど熱した話を打ち切ろうとして、弁護士が言った。

「お見受けしたところ、わたしの素姓がおわかりになったようですね？」さも冷静そうに、静かな口調で、白髪の紳士が言った。

「いえ、残念ながらまだ」

「それほど残念なことはありませんよ。わたしはポズドヌイシェフという者です。今あなたが仄《ほの》めかした、危機をはらむ事件とやらを起した当人です。つまり、妻を殺すという事件をね」われわれ一人ひとりをすばやく見まわしながら、彼は言った。

だれ一人言うべき言葉を見いだせず、みなが黙っていた。

「まあ、どうでもいいことですがね」例の異様な音を発しながら、彼は言った。「それにしても、失礼しました！　ああ！……もうお邪魔はいたしますまい」

「いいえ、とんでもない……」何が《とんでもない》のか自分でもわからぬまま、弁護士が言った。

しかし、ポズドヌイシェフはその言葉に耳をかさず、すばやく向きを変えると、自分の席に歩み去った。弁護士と婦人は小声でささやき合っていた。わたしはポズドヌイシェフと並んで坐《すわ》っていたが、言うべきことが思いつかずに、黙っていた。本を読むには暗かったので、わたしは目を閉じ、さも眠そうなふりをした。わたしたちは次の駅までそうして黙りこんだまま、乗り通した。

その駅で弁護士と婦人は別の車室に移っていった。前まえから車掌と交渉して話を取り決めていたのだ。番頭は座席の上で坐り心地を整え、寝入った。ポズドヌイシェフは相変らず煙草をふかし、前の駅でいれたお茶を飲んでいた。

わたしが目を開けて、ちらと見やると、彼は突然、決意と苛立《いらだ》ちを示してわたしに話しかけた。

「わたしがどういう人間かわかったので、ことによると、並んで坐っているのがご不快なのじゃありませんか？　でしたら、わたしは移りますが」

「あ、いいえ、とんでもない」

「じゃ、お茶でもいかがですか？　ただ、濃くなってしまいましたけど」彼はわたしにお茶をついだ。「あの人たちは口先だけですよ……のべつ嘘《うそ》ばかりつくんです……」彼は言った。

「何の話です？」わたしはたずねた。

「相変らず例の話です。あの人たちの言う愛情や、それがどういうものか、という話ですよ。お寝《やす》みになりたいんじゃありませんか？」

「いいえ、全然」

「それじゃ、よろしければ、わたしがその愛とやらのおかげで、あんなことにまでなったいきさつでもお話ししましょうか」

「ええ、もしお辛《つら》くなければ」

「いいえ、黙っているほうが辛いんです。お茶をどうぞ。それとも、濃すぎますか？」

お茶はたしかにビールのようだったが、わたしはコップを空《から》にした。このとき、車掌が通りかかった。彼は怒ったような目で無言のまま見送り、車掌が行ってしまってから、ようやく話しはじめた。

3

「それじゃ、お話ししましょうか……でも、ほんとにおききになりたいんですか？」

わたしは、ぜひききたいとくり返した。彼はちょっと黙って、両手で顔をぬぐうと、話しはじめた。

「お話しするとなれば、最初から何もかもお話しせにゃなりませんね。わたしがなぜ、どんなふうに結婚したか、結婚する前のわたしがどんな人間だったかを、お話ししなければなりません。

結婚するまでわたしは、みんなと同じような、つまりわれわれ社会の人間と同じような生活をしていました。わたしは地主で、大学出の学士で、貴族会長だったのです。結婚前は、みなと同じような、つまり放埒《ほうらつ》な生活をしていましたし、われわれ社会のあらゆる人と同様、放埒な生活を送りながら、自分の生活はこうでなければいけないんだと信じきっていたものです。心ひそかに、俺《おれ》は愛すべき男だ、まったく道義的な人間だ、などと思っていましたしね。わたしは女たらしではありませんでしたし、アブノーマルな趣味ももち合わさず、同年配の多くの連中がやっていたように、あのことを人生の主要な目的にすることもなく、もっぱら健康のために、分別正しくほどほどに放蕩《ほうとう》にふけっていたのです。子供を産んだり、わたしに熱を上げたりして、束縛するおそれのある女は、敬遠したものでした。もっとも、ひょっとしたら、子供ができていたかもしれませんし、熱を上げた女がいたかもしれないのですが、わたしはそんなものがないかのように振舞ってきたのです。また、それを道義的とみなしたばかりか、自慢にさえしていたのでした」

彼は話を休み、どうやら新しい考えがうかぶたびにやっているらしく、例の異様な音を発した。

「またそこに最大のいやらしさもあるんですよ」彼は叫んだ。「放蕩とは何か肉体的なことではないのです。どんな肉体的な乱行も放蕩ではありません。放蕩とは、真の放蕩とは、肉体関係をもった女に対する道義的関係から自己を解放することにほかならないのです。また、そういう解放を、わたしは手柄とみなしていたのですからね。忘れもしませんが、一度なぞ、おそらくわたしを愛するがゆえに身をまかせた女に、金を払いそこなって、悩んだことがありました。その女に金を送ってやり、それによって、道義的に何のつながりもないことを示したあとで、やっと安心したものです。そんなにうなずいたりなさらないでください、まるでわたしに同意しているみたいに」突然、彼はわたしに叫んだ。「なにしろ、わたしはこういう問題をよく知っているんですから。あなたがたはみんな、そしてあなたも、数少ない例外でないかぎり、最上の場合でも、かつてのわたしとまったく同じ考えの持主なんです。まあ、それはどうでもいいことですがね。失礼しました」彼はつづけた。「しかし問題は、それがおぞましいってことです。恐ろしい、やりきれぬことですよ！」

「何が恐ろしいんです？」わたしはたずねた。

「われわれが女や、女との関係についておちいっている迷いの深さがです。そう、この話は冷静にはできません。それも、さっきの人が言ったような事件がわたしの身に起ったためではなく、その事件が起って以来、わたしの目が開いて、すべてをまったく別の光で見るようになったからなのです。何もかもが裏返しになり、すべてが逆になったのです！」

彼は煙草に火をつけ、膝《ひざ》に両肘《りょうひじ》をついて、話しはじめた。暗いので顔は見えず、列車の震動音の奥から、胸にこたえるようなこころよい彼の声がきこえるだけだった。

「そうです、わたしが苦しんだように、さんざ苦しみぬいたあとではじめて、そのおかげですべての根源がどこにあるかをさとり、どうあるべきかがわかったのです。また、それだからこそ、現に存在しているものの恐ろしさがすっかり見えるようになったんですね。

4

それじゃ、わたしをあんな事件にみちびいたものが、いつ、どんなふうにはじまったか、おききになってください。はじまりは、わたしが数え年で十六のときでした。わたしはまだ中学生、兄が大学一年のときに、あんなことがあったのです。わたしはまだ女を知りませんでしたが、われわれの社会の不幸な子供たちすべてと同じように、すでに清純な少年ではありませんでした。その前の年からもう、悪童たちによって堕落の味を教えこまれていたのです。すでに女が、といっても特定のだれかではなく、何か甘美な存在としての女、ありとあらゆる女、女の裸が、わたしを苦しめていたのでした。わたしが一人きりでいる時間は、汚《けが》らわしいものでした。わたしは現代の青少年の九十九パーセントまでがそうであるように、悶々《もんもん》と悩んでいたのです。恐怖におののき、苦しみ、神に祈りながら、堕落しつづけていたのですからね。わたしはすでに想像の世界でも、現実においても堕落していましたが、最後の一歩はまだ踏みだしていませんでした。ひとりで自分を瀆《けが》してはいましたが、まだ他人の身体《からだ》に手をかけてはいなかったのです。ところが、兄の友達に陽気な大学生がいたのですが、これがいわゆる気立てのいい若者というやつで、つまり酒も博打《ばくち》もわれわれに教えこんだ、極《きわ》めつきの不良でしてね。酒を飲んだあと、あそこへ行こうと、わたしたちを口説きおとしたのです。わたしたちはくりだしました。兄もまだ童貞だったのに、その晩、堕落してしまったのです。十五の少年だったわたしも、自分のしていることの意味もまるきりわからぬくせに、自分自身を汚し、一人の女を汚すことに力をかしたのでした。なにしろ、わたしのしたようなことがわるい行いだなんて言葉は、年長者のだれからもきかされていませんでしたからね。今だって、だれ一人耳にしないでしょうよ。なるほど、たしかに聖書の戒律にそういうことは記《しる》されていますけれど、あんな戒律は試験のとき神父さんに答えるのに必要なだけで、それとてたいして必要なわけじゃなく、ラテン語の条件法で ut を用いるというきまりには、とうてい及ばぬくらいですよ。

こんなわけで、わたしがかねてその意見を尊重していたような年上の人たちのだれからも、あれがいけない行いだという言葉なぞ、きかなかったのです。むしろ反対に、わたしの尊敬していた人たちからは、結構なことだという言葉をきかされたものでした。わたしの葛藤《かっとう》や苦悩なぞ、あれをすれば静まるという意見もききました。わたしはそんな意見をきき、本でも読み、年上の人たちからは、健康のためにかえっていいだろうという言葉をききました。また、友人たちからは、それが一種の偉業であり、あっぱれな行為だという讃辞《さんじ》をきかされました。ですから概して、良いこと以外、何一つ目に入らなかったのです。病気の危険性ですか？　しかし、それもちゃんと予防されてますからね。世話好きな政府が心配してくれているんですよ。政府は売春宿の正しい運営を監視して、中学生たちのために放蕩を保証しているのです。それに医者も給料をもらって、それを監視していますしね。そうなるのが当り前ですよ。医者たちは、放蕩は健康のために有益なことが多いと主張して、正常なきちんとした放蕩を制度化しているんですから。わたしは、そういう意味で息子の健康に心を砕いている母親たちがいるのを、知っていますよ。それに科学も彼らを売春宿に送りこむ始末ですしね」

「どういうわけで科学が？」わたしは言った。

「だって、医者というのはどういう連中です？　科学に奉仕する人間じゃありませんか。健康のために必要だなどと主張して、青年を堕落させているのは、いったいだれですか？　彼らですよ。そのくせ、あとになってから、ひどくもったいぶって梅毒を治療するんですからね」

「しかし、どうして梅毒を治療せずにいられますか？」

「なぜって、梅毒の治療に注がれる努力の一パーセントなりと、放蕩の根絶に向けられてさえいれば、梅毒なぞとうの昔に影をひそめていたでしょうからね。ところが、努力が注がれていたのは、放蕩の根絶にではなく、その奨励と、放蕩の安全性の確保に対してなんです。しかし、問題はそんなことじゃありません。問題は、わたしの身に、さらにまたわれわれ階級の人間だけではなく、百姓たちにいたるまであらゆる人間の、少なくとも十人のうち九人までの身に、自分が堕落したのは、特定の女性の美しさのごく自然な誘惑に屈したためではないという、あの恐ろしい事態が生じたことなのです。そう、どんな女がわたしを誘惑したわけでもありません。わたしが堕落したのも、もとはと言えば、周囲の社会が堕落の事実の中に、ある者は健康に有益な、きわめて正当な機能を見いだし、他の者は、単に許しうるというだけではなく、むしろ若者にとってはごく自然な、罪のない楽しみを見いだしたりしていたからなのです。わたしはそこに堕落がひそんでいることなど理解していませんでしたから、ある程度は快楽に、またある程度までは、かねて教えこまれていたように一定の年ごろに特有の欲求に、ごく単純に身をまかせはじめたのでした。酒や煙草《たばこ》をはじめたときと同じように、放蕩にふけりはじめたのです。それでもやはり最初の堕落には、何か一種特別な、感慨深いものがありましたね。忘れもしませんが、わたしはまだ部屋から出もしないうちに、すぐにその場で、うら悲しい、めいった気持になって、泣きだしたくなったものです。童貞の喪失や、永久に滅びてしまった、女性に対する関係、などを泣きたくなったのです。そう、女性に対するごく自然な、気取らぬ関係は、永久に滅びてしまったのです。あれ以来、女性に対する清い関係は、わたしにはなくなりましたし、ありえなくなったのです。わたしは道楽者とよばれる人間になりさがったんですよ。道楽者になるということは、モルヒネ中毒者や、酒飲みや、煙草好きの状態に似た生理状態ですからね。モルヒネ中毒者や、酒飲みや、煙草好きが、すでに正常な人間でないのと同じように、自分の満足のために数人の女を知った男も、もはや正常な人間ではなく、永久に汚れはてた人間、つまり道楽者なのです。酒飲みやモルヒネ中毒は、顔つきや態度ですぐにわかるものですが、道楽者もまったく同じことです。道楽者とて抑制したり、自己とたたかったりすることはできます。しかし、女性に対する、兄弟のような気取らぬ、すっきりした清純な関係は、もはや決して生れないのです。若い女を見つめたり、眺《なが》めたりする態度で、すぐに道楽者とわかってしまうのです。わたしも道楽者になりさがり、ずっとそのままでした。そしてそれがわたしを破滅させたのです」

5

「そう、そのとおりですよ。その後はますます深みにはまるばかりで、ありとあらゆる種類の脱線をやってのけましてね。ああ！　そういう面での自分のいまわしい行為を思いだすと、ぞっとしますよ！　友人たちにいわゆるカマトトぶりを笑われていたころの自分を、わたしはよく思いだすんです。金ばなれのいい貴族青年とか、将校とか、パリジャンとかいう言葉をききますとね！　そういう紳士たちにしても、わたしにしても、とにかく女性に対するさまざまの恐ろしい罪を数えきれぬほど心にいだいている、三十前後の放蕩者《ほうとうもの》ばかりが、きれいに身体を磨《みが》きあげ、ひげを剃《そ》り、香水をふって、清潔な下着に燕尾服《えんびふく》か軍服を着こみ、客間なり舞踏会なりへ乗りこんでゆくところは、まさに清純さの象徴であり、すばらしいものですからね！

とにかく、当然そうあるべきことと、現にあることとを、お考えになってみてください。当然そうあるべきこととは、たとえば社交界でそういう紳士がわたしの妹なり娘なりのところへ寄ってきたときに、その男の生活を知っているわたしは、当然そばに行って、その男をわきへよびだし、低い声で『ねえ、君、僕は君がどういう暮しをしているか、だれとどんなふうに夜をすごしているか、知っているんだよ。ここは君の来る場所じゃない。ここにいるのは清純無垢《むく》なお嬢さんばかりだからね。帰りたまえ！』と言ってやることなんです。当然そうでなけりゃいけないはずなんです。ところが、現にやっていることといえば、そういう紳士が現われて、わたしの妹なり娘なりを抱いてダンスをするような場合、その男が金持で、縁故に恵まれていたりすると、われわれは大喜びするんです。たぶん、遊《あそ》び女《め》のあとでうちの娘にも情けをかけてくれるだろう、というわけです。病気や、その痕《あと》が残っていたとしたって、かまやしません。この節は上手に治療してくれますからね。そうですとも、現にわたしの知っている例でも、上流社会のお嬢さんが何人も、感激した両親によって、梅毒病みと結婚させられていますよ。ああ！　いまわしいことです！　しかし、こういういまわしさと虚偽の暴露されるときが、いずれやってきますとも！」

そして彼は何度か例の異様な音を発し、お茶を飲みにかかった。お茶はひどく濃く、薄めようにもお湯がなかった。二杯飲んだお茶が気持をたかぶらせるのを、わたしは感じていた。どうやら彼にもお茶が作用を及ぼしたようだった。なぜなら、ますます興奮の度を高めてきたからだ。彼の声はますます歌うような、表情ゆたかなものになってきた。彼はのべつ姿勢を変え、帽子をぬいだり、かぶったりしていたので、わたしたちの坐《すわ》っている薄闇《うすやみ》の中で、その顔が異様に変化した。

「三十になるまで、わたしはそんな生活をつづけたのですが、その間も、結婚して、このうえなく高潔な清らかな家庭生活を築こうという意図を、片時もすてたことはなく、その目的をいだきながら、その目的にふさわしい娘を物色していたのです」彼は話をつづけた。「放蕩の膿《うみ》の中を這《は》いずりまわりながら、同時にわたしは、その清純さからいってわたしの妻になる値打のある娘を物色していたのです。多くの娘をわたしははねつけたのですが、それというのも、わたしにとっては彼女たちの清純さが不十分だったからなのです。やがてとうとう、自分の妻とするにふさわしいと思える娘を、見つけました。それは、かつては非常に裕福だったけれど、破産したペンザ県の地主の、二人娘の片方でした。

ある晩、ボート遊びをしたあと、夜ふけに月の光を浴びながら、家に向ったのですが、彼女と並んで坐り、セーターにぴったり包まれている均斉のとれた身体や、カールした髪に見とれているうちに、突然わたしは、この娘こそそうだ、と決心したのです。その晩わたしには、わたしの感じたり考えたりすることを彼女がすべて理解してくれているような、そしてわたしの感じたり考えたりしているのがこのうえなく高尚なことであるような、気がしたのです。実際には、セーターやカールした髪がことのほか彼女によく似合い、彼女と親しく一日をすごしたあとでいっそう親しくなりたい気持にかられた、というだけにすぎなかったのですがね。

ふしぎなことに、美は善であるという完全な幻想が、往々にして存在するものです。美しい女が愚劣なことを言った場合、それをきいても愚かさは見ずに、聡明《そうめい》さを見るのです。その女が醜悪なことを言ったり、したりしても、何か愛すべきことのように思うのです。女が愚かなことも醜悪なことも口にせず、しかも美人だったりしようものなら、すぐさま、奇蹟《きせき》のように聡明で貞淑な女性だと信じこんでしまうものですよ。

わたしは感激して家に帰り、彼女こそ道義的完成の極致だ、だからわたしの妻たるにふさわしい女性だと決めてかかって、翌日すぐにプロポーズしたのでした。

まったく何という混乱でしょうね！　われわれの社会だけではなく、悲しいことに民衆の間でも、結婚する男性千人のうち、結婚前にすでに十回くらい、さもなければドン・ファンよろしく百遍も千遍も、女と寝たことがないような人間は、おそらく一人もいないんじゃないでしょうか。（もっとも、話にきいたり見たりしたところでは、このごろは、結婚というのが冗談ごとではなく重大なことなのだと知り、痛感している清純な若い人たちがいるようですがね。神よ、その人たちをお守りください！　しかし、わたしのころにはそんな人間は一万人に一人もいませんでしたよ）。しかも、だれもがそれを承知していながら、知らないふりをしているのです。どの小説にも、主人公たちの感情や、彼らの散歩する池や茂みなどがことこまかに描写されています。しかし、一人の娘に対する彼らの偉大な愛情を描きながら、その興味ある主人公の身にそれまでどんなことがあったかについては、何一つ書かれないのですからね。売春宿にかよったことや、小間使だの、女中だの、人妻だののことは、一言も語られないのです。かりにそういう不謹慎な小説があるとしても、いちばんそういうことを知る必要のある人間、つまり若い娘たちには、あずけないんですよ。最初のうちは娘たちの手前、わたしたちの都会や農村の生活の半分を充《み》たしている、こうした淫蕩《いんとう》なぞ、まったく存在せぬようなふりをしましてね。そのうち、そうした偽善にすっかり慣れて、しまいにはイギリス人のように、われわれはみな道義的な人間であり、道義的な世界に暮しているのだと、自分でもまじめに信じるようになるのです。娘たちこそかわいそうなもので、まったく本気でそれを信じこむのですからね。わたしの不幸な妻も、やはりそう信じこんだのでした。忘れもしませんが、もう婚約してから、わたしは、たとえ多少なりとわたしの過去や、何よりもわたしの作っていた最近の女性関係を、彼女が知ることができるように、自分の日記を見せたことがあるのです。他人の口から知りかねなかったので、彼女に告げておく必要を感じたからでした。彼女がそれを知って理解したときの、あの恐怖と、絶望と、呆然《ぼうぜん》とした様子を、わたしは今でもおぼえています。あのとき、彼女がわたしを棄《す》てようと思ったのが、わたしにはわかりました。それにしても、なぜあのときわたしを棄てなかったんでしょう！」

彼は例の異様な音を発し、しばらく口をつぐんで、さらにひと口お茶を飲んだ。

6

「いや、もっとも、これでよかったんだ、このほうがいいんです！」彼は叫んだ、「自業自得《じごうじとく》なんだから！　でも、問題はそんなことじゃありません。わたしが言いたかったのは、この場合欺《あざむ》かれるのが、不幸な娘だけだってことなんです。母親は承知していますからね。特に自分の夫に教育された母親たちは、百も承知しているんです。だから、男の清純さを信じているようなふりをしながら、実際にはまるきり違うふうに振舞うのです。自分や自分の娘たちのために、男を釣り上げるには、どういう竿《さお》を使えばよいのか、世の母親はちゃんと知っていますよ。

われわれ男性が知らぬだけで、しかも知ろうと思わないから知らないだけで、女たちは、このうえなく高尚な、われわれのいわゆる詩的な愛とやらが、精神的な価値によって左右されるわけではなく、肉体的な親密さや、さらにはヘアスタイルとか、ドレスの色や仕立てでどうにでもなることを、実によく知っているんです。ためしに、男をとりこにすることを仕事にしているような、経験ゆたかなコケットに、彼女の誘惑しようとしている男の前で、嘘《うそ》や薄情ぶりや、さらには不身持までばらされるのと、仕立てのへたな、みっともない服を着て、その男の前にでるのと、どっちの危険をおかすほうを望むか、きいてごらんなさい。どんな女でも必ず前者を選びますから。われわれ男が高尚な感情などと、のべつ嘘ばかりついていることや、男が必要とするのは身体《からだ》だけで、そのため男はどんないまわしい行いでも許してくれるけれど、みっともない、没趣味な、下品な衣裳《いしょう》を許しはしないってことを、女は承知しているんです。コケットはそれを意識的に承知しているのですが、どんな清純無垢な娘でも、動物が知っているのと同じように、無意識にそのことを知っているもんですよ。

あのいやらしいセーターだの、ヒップ・パットだの、肩や腕や、ほとんど胸まであらわに示すドレスなどは、みなそのためです。女たち、それも特に男修行をつんだ女は、高尚な話題の会話なぞ、単なる会話でしかなく、男が必要とするのは肉体と、それをもっとも魅惑的な光で誇示するものすべてにほかならぬことを、十分承知していますよ。また、そのとおりのことが行われているんです。だって、われわれにとって第二の天性となってしまった、醜悪さへのこうした慣れをふりすてて、われわれ上流階級の生活を、恥知らずな面までそっくりありのままに見るなら、まさにそれこそ、連続した一つの売春宿にほかなりませんからね。あなたは同意できませんか？　それじゃ、証明してみせましょう」わたしの言葉をさえぎって、彼は言った。「われわれの社会の女性は、売春宿の女などとは違う欲求によって生きていると、あなたはおっしゃるのですね。わたしは、そんなはずはないと申しあげて、それを証明してごらんにいれます。もし人間が人生の目的や、人生の内容によって、さまざまであるとしたら、その差異は必ず外面にも反映して、外面もさまざまになるはずです。ところが、みなに軽蔑《けいべつ》されるあの不幸な女たちと、いちばん上流社会の貴婦人たちとを、見てごらんなさいまし。装《よそお》いも同じなら、ファッションや香水も同じ、腕や肩や胸をあらわにする点や、ヒップを強調するためのパットも同じなら、宝石や高価な華《はな》やかな品物に対する情熱も、気晴らしやダンス、音楽や歌もまったく同じじゃありませんか。向うがあらゆる手を使って誘惑しにかかっているように、こっちも同じことをしているんです。何の違いもありませんよ。厳密に定義すれば、短期間の売春婦はふつう軽蔑され、長期の売春婦は尊敬される、と言うしかありませんね」

7

「そう、そんなわけで、あのセーターや、カールした髪や、ヒップ・パットが、わたしを捉《とら》えたのです。わたしを捉えるのは、たやすいことだったのですよ。なぜって、わたしは、ひと夏休ませた畑のキュウリみたいに、恋する若者が促成栽培されるような環境で育ったのですからね。なにしろ完全な肉体的無為のもとでわれわれのとる、必要以上の興奮性の食物は、組織的な性欲の刺激以外の何物でもありませんよ。あなたがびっくりなさろうと、なさるまいと、事実はそのとおりなんです。とにかくわたし自身も最近までこのことにはまったく気づかずにいたんです。それが今やわかりましてね。だからこそ、だれ一人これを知らずに、さっきの奥さんのように愚かしいことばかり言っているのが、わたしにはやりきれないんですよ。

そう、この春、わたしの近所で百姓たちが鉄道の土手の工事をしたんですがね。農民の若者のふだんの食べ物は、パンとクワスとタマネギです。それでも彼らは元気で、溌剌《はつらつ》として、健康で、軽い畑仕事をやっています。これが鉄道の仕事にでると、食べ物もカーシャと肉四百グラムになるのです。でも、その代り、五百キロ近い手押し車を使う十六時間労働に、この肉は消えてゆくのです。だから彼らにはこれでちょうどいいわけですよ。ところがわたしらは、肉や野鳥を八百グラムずつ、その他ありとあらゆる興奮性の食べ物や飲物をとっていて、これがいったいどこへ行くのでしょう？性欲の過剰になるのです。これがしかるべきところに流れて、安全弁が開いていれば、万事は無事ですが、わたしが一時やったように、この弁を閉じたりすると、とたんに興奮が生じ、それが人工的な生活のプリズムを通って、きわめて純粋な恋や、時にはプラトニック・ラブとさえなって現われるのです。こうして、だれもが恋するように、わたしも恋におちたのでした。それに、歓喜も、感動も、ポエジーも、すべてお膳立《ぜんだ》ては整っていましたしね。実際のところ、わたしのこの恋は、一面からいえば、母と仕立て女たちの活動の産物でしたし、別の面からいうなら、無為の生活を送りながら必要以上に美食をとっていた結果なのですよ。一面からいえば、もしボート遊びや、腰のくびれた仕立て女たちなどが存在せず、わたしの妻が不格好なガウンを着て、家にこもっていたとしたら、また別の面からいうなら、もしわたしが労働に必要なだけの食べ物をとる、人間の正常な条件にあって、しかも安全弁が開かれていたとしたら（どういうわけか、たまたまその当時は安全弁が閉じていたんですよ）、わたしは恋なぞしなかったでしょうし、あんなことも何一つ起らなかったにちがいないんです」

8

「ところが、このときは万事がとんとん拍子に運んじまったんですよ。わたしの精神状態も、彼女の服装も最上でしたし、ボート遊びも成功しましたしね。それまで二十遍もうまくいかなかったのが、このときは首尾よく運んでしまったんです。罠《わな》みたいなものですな。笑いごとじゃありません。だってこの節、結婚なんて罠みたいな仕組みになっているんですからね。だって、ごく当然じゃありませんか？　娘が一人前になれば、嫁にやらなけりゃなりませんしね。娘が片輪でもなく、しかも結婚を望む男たちがいれば、話は簡単なように思われます。昔はちゃんとそうしていたんですからね。娘が年頃になれば、親が縁談をまとめたものです。人類全体がそうしてきたし、現にそうやっています。中国人だって、インド人だって、マホメット教徒だって、わが国の民衆だってそうです。人類の、少なくとも九十九パーセントまでは、現にそうしているんですよ。わずかに一パーセント、ないしそれ以下のわれわれ、道楽者だけが、それじゃいけないと考えて、新趣向を考えだしたのです。その新趣向たるや、どんなものだと思います？　新趣向とは、娘たちがじっと坐っているところを、男たちがまるで市場でもひやかすみたいに歩きまわって、選ぶってわけです。娘はじっと待ちながら、『ねえ、あなた、あたしを選んで！　いいえ、あたしよ。その子じゃなく、あたしに決めて。ほら、見てごらんなさい、あたしは肩だって、ほかのところだって、そりゃすてきなのよ』と、口にだして言う勇気こそないけれど、肚《はら》の中じゃそう思っているんです。一方、われわれ男は歩きまわって、品定めをし、すっかりやにさがっている始末だ。『わかってるよ、ひっかかるもんか』歩きまわって、品定めしながら、これらすべてが自分たちのためにお膳立てされたことに大満足なんです。ところが、うっかりしていると、ひょいとひっかかって一巻の終りですよ！」

「それじゃ、どうすればいいんです？」わたしは言った。「じゃ、女のほうからプロポーズすりゃいいんですか？」

「それはわたしにもわかりません。ただ、平等という以上、平等でなければね。見合い結婚が屈辱的だというんだったら、このほうはその千倍も屈辱的ですよ。見合い結婚の場合は権利もチャンスも平等ですが、こっちの場合、女は市場で売られる奴隷《どれい》か、罠の囮《おとり》にひとしいんです。そこらの母親か、当の娘に、あなたは婿《むこ》さんをつかまえることだけに専念していると、真実を言ってごらんなさい。そりゃ怒りますから！　ところが、彼女たちのやっていることなんてそれだけで、ほかには何一つすることがないんです。しかも、恐ろしいことに、時によると、まったく若い清純な娘が、気の毒に、そんなことに専念しているのを見る場合がありますからね。それにまた、そういうことが開けひろげに行われるならともかく、そうじゃなしにすべてが欺瞞《ぎまん》なんです。『まあ、種の起源ですか、あれはおもしろうございますわね！　あら、リーザは絵にとても関心をもっておりますのよ！　あなたは展覧会にいらっしゃいます？　とても勉強になりますわね！　それじゃ、トロイカでドライブでもなさいます、お芝居がよろしいかしら、それともシンフォニー？　まあ、すてきですわ！　うちのリーザは、音楽ときたらまるで夢中ですのよ。でも、なぜあなたはそういう考えに共鳴してくださいませんの？　それじゃ、ボート遊びになさいませな！』そのくせ、考えてることは一つしかないんです。『さ、わたしを、わたしのリーザを選んでください！　いいえ、わたしを！　ね、せめて試《ため》すだけでも！』ああ、いまわしいことです！　欺瞞ですよ！」彼はこうしめくくると、最後のお茶を飲み干し、ティー・セットをしまいにかかった。

9

「ご存じでしょうが」お茶と砂糖を袋にしまいながら、彼はまた話しだした。「そのために世界が悩んでいる女性の支配も、すべてここから発しているんですよ」

「女性の支配ですって？」わたしは言った。「だってさまざまの権利や特権は、男性の側にあるじゃありませんか」

「ええ、そうです、そこですよ」彼はわたしの言葉をさえぎった。「それこそ、わたしの言おうとすることにほかならないんです。つまり、一面からいえば女性が最低の屈辱におちいっているという事実がまったく正しいのに、他面からいうと女性が支配しているという、この異常な現象を説明してくれるのも、このことにほかならないのです。ユダヤ人は金の力で迫害の仕返しをしますが、女性もそれとまったく同じことです。『じゃ、われわれがあくまでも商人にとどまることを、あなたがたは望んでいるんですね。いいでしょう、われわれは商人として、あなたがたを支配してみせます』ユダヤ人はこう言います。『じゃ、わたしたちが性欲の対象にとどまることを、あなたがたはお望みですのね。いいでしょう、わたしたちは性欲の対象として、あなたがたを奴隷にしてみせますわ』女たちはこう言うのです。女性の無権利状態とは、投票ができないとか、裁判官になれないとかいうことじゃないんです。そんな仕事にたずさわるのは、何の権利にもなりませんからね。そうではなく、性関係において男と対等になり、自分の望むままに男を楽しんだり遠ざけたりし、選ばれる女ではなく、自分の望むままに男を選ぶ権利をもつということなんです。そんなのはめちゃくちゃだと、おっしゃるんですか。なるほど。それだったら、男もそういう権利をもたぬことです。現在、女性は男のもっているその権利を奪われています。だから、その権利を償うために、女は男の性欲に働きかけ、性欲を通して男をすっかり支配してしまうため、男は形式的に選ぶだけで、実際に選ぶのは女だ、という結果になっているのです。いったんこの方法を会得《えとく》すれば、女はもうそれを悪用し、男に対する恐ろしい支配を獲得するんですよ」

「でも、そんな特別の支配がどこにあるんです？」わたしはたずねた。

「どこに支配があるか、ですって？　いたるところ、あらゆるものの内にありますよ。どこの大都会でもいいから、商店をまわってのぞいてごらんなさい。数えきれぬほどの品物が飾られていて、そこに注ぎこまれた人間の労力はとうてい測り知れぬほどですが、よくよく見てごらんなさいまし、それらのうち九十パーセントの商店に、せめて何かしら、男性用の品物があるでしょうか？　人生のあらゆる贅沢品《ぜいたくひん》は女性によって要求され、維持されているんです。すべての工場を数えてごらんなさい。その大部分が女性のために無益なアクセサリーだの、馬車だの、家具だの、遊び道具だのを作っているのです。数百万の人間が、幾世代にもわたる奴隷として、ただただ女性の気まぐれのために、それらの工場での苛酷《かこく》な労働で身を滅ぼしてゆくのです。女性はまるで女王のように、人類の九十パーセントを、隷属と重労働の中にとりこにしているのです。それもすべて、女性が卑《いや》しめられ、男性と対等の権利を奪われてきたためなんですからね。だから女性は、われわれの性欲に働きかけ、われわれを網の中に捕えることによって、復讐《ふくしゅう》するのです。そう、すべてはそれが原因ですよ。女性は自分を、性欲を刺激する道具に仕立ててしまったため、男は冷静に女性と応対することができなくなってしまったのです。女のそばに近づいただけで、男はその妖気《ようき》にあたって、ぼうっとなってしまうのです。わたしは以前から、舞踏会のドレスを着飾った貴婦人を見ると、いつも気づまりな、薄気味わるい思いを味わっていたものですが、このごろではまったく恐ろしくて、それこそ何か世間にとって危険な、法に反するものを見るような気がして、警官をよびたくなるほどなんです。この危険に対する庇護《ひご》を求め、危険物を早く片づけ取り除くことを要求したくなるんですよ。おや、笑ってらっしゃるんですね！」彼はわたしに叫んだ。「これは決して冗談じゃありませんよ。いずれ世の人々がこのことを理解して、現在われわれの社会で許されている、露骨に性欲を挑発するために肉体を飾りたてるような、こんな世間の平和を乱す行為の許されていた社会が、どうして存在しえたのだろうと、おどろきあきれる時代がきっと訪れる、それもたぶん非常に早くやってくるだろうと、わたしは確信しているのです。だってこれじゃ、散歩道や道路という道路にありとあらゆる罠《わな》を張りめぐらすのと、まったく同じじゃありませんか、いや、もっと悪質ですよ！　いったいどういうわけで、賭博《とばく》が禁じられていながら、女たちが性欲を挑発する、売春婦のような服装をすることは禁止されないんでしょう？　そのほうが千倍も危険なのに！」

10

「ところで、わたしはこんな具合に捕《つか》まってしまったのです。わたしは俗に言う、首ったけという状態でした。彼女を完成の極致として思い描いただけでなく、婚約時代を通じて自分自身をも完成の極致と想像していたのです。とにかく、どんなろくでなしでも、少しこまめに探せば、なんらかの点で自分よりひどいろくでなしを見つけだせるはずですし、それによって、自慢したり、自己満足したりできるでしょうからね。わたしもそれと同じことでした。わたしが結婚したのは金めあてじゃありません――金銭欲は関係ありませんでしたし、わたしの知人の大部分が金や縁故めあてに結婚したのとは違って、わたしは裕福だったし、彼女は貧しかったのです。これが一つ。もう一つわたしが得意だったのは、ほかの男たちが結婚前にやってきたような一夫多妻の生活を今後もつづけようという目論見《もくろみ》をいだいて、結婚するのに対して、わたしは結婚後は一夫一婦を守ろうと固く心がけていたことです。ですから、この点に対するうぬぼれは、際限もないほどでした。そう、わたしはおぞましい豚のくせに、自分が天使だと思いこんでいたんです。

婚約者としての時期がつづいたのは、しばらくの間でした。今では、羞恥《しゅうち》の念なしに、この婚約時代を思いだすことはできませんよ！　何という醜悪さでしょう！　なにしろ、愛が肉体的なものではなく、精神的なものとして理解されているんですからね。しかし、精神的な愛や、精神的交流だとしたら、当然、その精神的交流は言葉や、会話や、談話によってあらわされるはずですよ。でも、そんなものは何一つありませんでしたよ。二人きりになると、話をするのがひどくむずかしいことも、しばしばでした。あれは一種のシジポスの苦役（訳注　ギリシャ神話でシジポスが山の上に岩を押しあげようとするが、あと一息というところで岩が転落し、何度でもこれをくり返さねばならぬ）でしたね。何か言うことを考えだしても、それを言ってしまうと、また黙りこんで、考えださなけりゃならないんですから。とにかく話題が何もないんですよ。二人を待っている生活だとか、家庭の整備だとか計画だとかについて語りうることを、すべて言ってしまったら、そのあと何があるというんです？　もしわれわれが動物なら、話なんぞしている必要がないことくらい、ちゃんとわかるでしょうがね。ところが、われわれの場合は反対で、話はしなければいけないのに、話すことがないってわけです。なぜって、心を占めているものは、話で解決するようなことじゃないんですから。そのうえさらに、キャンデーを食べたり、甘いものを無作法なくらい食べすぎたりする、あのいまわしい習慣だの、住居、寝室、ベッド、ガウン、寝巻、下着、化粧品などの相談といった、胸くそのわるい結婚支度だのがついてまわる始末です。おわかりになるでしょう、さっきの老人の言ったように、もし家庭訓どおりに結婚するんだったら、羽根布団《ぶとん》だの、持参金だの、ベッドだのは、すべて神秘性に付随する瑣《さ》末《まつ》なことがらにすぎないんですがね。ところがわれわれの間では、結婚する人間十人のうちほとんど一人として、そんな神秘性を信じていないばかりか、自分のしていることが一種の義務であるということすら信じていない始末ですし、結婚前に女を知っていないような人間は百人のうち一人いるかいないほどで、しかるべき機会さえあれば浮気してやろうという下心を前々からいだかずにいる男だって、五十人に一人いればいいほうですし、大多数の男は教会へ行くことを、お目当ての女をものにする特殊の条件としてしか見ていない始末ですからね。こういう状況の下で、今言ったような瑣末なことがらがどんな恐るべき意味をもつようになるか、考えてみてください。大切なのはもっぱらそのことだけ、という結果になるじゃありませんか。何か取引みたいな形になるんですよ。清純な娘を放蕩者《ほうとうもの》に売りとばし、その取引を一定の形式で飾りたてるってわけです」

11

「だれもがこんなふうに結婚していますし、わたしもその伝で結婚し、結構なハネムーンがはじまりました。とにかく、このよび方一つにしても、実にいやらしいじゃありませんか！」彼は怒りをこめてつぶやいた。「一度パリで、見世物小屋を全部まわって歩いた末に、看板につられて、ひげ女と海犬とやらを見に入ったことがあるんです。蓋《ふた》をあけてみりゃ、何のことはない、肌《はだ》もあらわなドレスを着た男と、セイウチの皮を着せられた犬が水を張った浴槽《よくそう》の中を泳いでいるだけのことでしてね。おもしろくもおかしくもないんですよ。ところが、わたしが出ようとすると、興行師がうやうやしく送ってきて、入口にむらがっている群集に向って、わたしを指さしながら、こう言うんです。『のぞく価値があるかどうか、そちらの紳士にきいてごらん。さあ、いらっしゃい、いらっしゃい、お一人さま一フランだよ！』わたしにしてみれば、見る値打なんぞないと言うのは気がとがめるし、興行師もおそらくその辺を計算に入れていたんでしょうね。ハネムーンのいやらしさを存分に味わいながら、他人を幻滅させまいとする人たちも、きっとこれと同じような気持なんですよ。わたしもだれ一人幻滅させませんでしたが、今になってみると、なぜ本当のことを言っちゃならないのか、わかりませんね。むしろ、この問題については本当のことを言う必要があると、考えてさえいるんです。てれくさくて、恥ずかしくて、醜悪で、みじめで、それに何よりも退屈な、やりきれぬほど退屈なものですよ！　煙草《たばこ》をおぼえはじめたころ、胸がむかついて生唾《なまつば》がわくのを呑《の》みこみながら、さもいい気持そうなふりをしていたときに味わった気持と、どこか似ていますね。喫煙の楽しみも、あのことの快楽も同じで、かりに感ずるようになるとしても、だいぶあとになってからですよ。快楽を得るためには、夫婦してこの罪悪を自分たちの内に植えつけなけりゃならないんです」

「どうして罪悪なんです？」わたしは言った。「だって、あなたのおっしゃってるのは、人間のいちばん自然な本性のことじゃありませんか」

「自然な？」彼は言った。「自然でしょうか？　いいえ、わたしはあなたとは反対に、あんなことは自然じゃないという信念に到達したんです。そうですとも、まるきり自然じゃありませんよ。幼い子供にきいてごらんなさい、まだ汚《けが》れていない娘たちにきいてごらんなさい。わたしの姉は、ごく若いときに、倍も年上の放蕩者にとつがされましてね。忘れもしませんが、新婚初夜に姉が真っ青な顔に涙をいっぱいためて、夫のところから逃げだしてきて、全身をふるわせながら、どんなことがあっても絶対にいや、と言ったのを見て、ひどくびっくりしたものです。姉は夫が自分に求めたことを、口にだして言うことさえできなかったんです。

あなたは、自然だなどとおっしゃる！　自然なのは、食べることだけです。ものを食べるのは楽しいし、気楽だし、こころよいし、最初から恥ずかしくなんぞありませんからね。ところがこっちは、いやらしくもあれば、恥ずかしくもあり、そのうえ苦痛でもあるんです。そう、あんなことは不自然ですよ！　わたしは確信したのですが、清純無垢《むく》な娘は必ずあんなことを憎みますとも」

「それじゃどうして」わたしは言った。「どうやって人類は存続してゆけるんでしょうね？」

「そう、どうすれば人類は滅びずにすみますかね！」まるでさんざ聞きあきたおざなりの反論を待ち受けていたかのように、彼は憎たらしい皮肉な口調で言った。「イギリスの貴族が常に大食していられるようにするために、産児制限を説くのなら、これはかまいません。快感が増すようにするため、避妊を説くのも、かまいません。だが、道義性のために生殖行為を控えよなどと、一言でもつぶやいてごらんなさい、大変な騒ぎになりますから。十人か二十人の人間が豚になるのをやめたいと思ったために、人類が絶滅しはせぬかというわけです。それはそうと、ちょっと失礼。わたしにはその光が不愉快でならないんですが、覆《おお》いをしてもかまいませんか？」車内燈《しゃないとう》を指さしながら、彼は言った。

どちらでもと、わたしが言うと、彼はやることなすことすべてがそうであるように、急いで座席の上に立ち、ウールのカーテンで車内燈を覆った。

「それでもやはり」わたしは言った。「もしすべての人がそれを自分にとっての掟《おきて》と認めたら、人類は絶滅するでしょうね」

彼はすぐには答えなかった。

「どうすれば人類は存続するだろうと、あなたはおっしゃるんですね？」またわたしの向い側に腰をおろし、両足を大きくひろげて、その上に両肘《りょうひじ》を低くつくと、彼は言った。「なぜ人類が存続しなけりゃならないんです？」彼は言った。

「なぜですって？　さもなけりゃ、われわれはいなくなってしまうじゃありませんか」

「じゃ、なぜわれわれが、いなければならないんです？」

「なぜですって？　生きるためですよ」

「でも、なぜ生きていかなければいけないんですか？　かりに何の目的もなく、人生のために生命が与えられたのだとしたら、生きてゆく理由なぞありませんよ。もしそうだとしたら、ショーペンハウエルや、ハルトマンや、それにすべての仏教徒たちは、まったく正しいわけです。また、もし人生に目的があるとしたら、その目的が達成されたときに人生が打ち切られねばならぬことは明らかです。そういうことになるでしょう」明らかに自分の考えをひどく尊んでいるらしく、ありありと興奮の色を示しながら、彼は言った。「そういうことになるんですよ。いいですか、かりに人類の目的が幸福なり、善なり、なんなら愛でもかまいませんが、とにかく人類の目的が、予言に言われているようなこと、つまりすべての人間が愛によって一つに結びつき、槍《やり》を打ち直して鎌《かま》にする、などということだとしたら、その目的の達成を妨げているのは何でしょうね？　妨げるのは、さまざまな欲望ですよ。さまざまな欲望の中で、いちばん強烈で、悪質で、根強いのは、性的な肉の愛です。ですから、もしすべての欲望や、なかでもいちばん強烈な、最後の、肉体的愛情まで根絶されるとしたら、予言は実現され、人々は一つに結びつき、人類の目的は達せられるのですから、もはや生きている理由はなくなるでしょう。でも、人類が生きている間は、目の前に理想が立ちはだかっているのです、それも、もちろん、できるだけ多く繁殖しようという兎《うさぎ》や豚の理想でもなければ、できるだけ秘術をつくして性欲の満足を享楽《きょうらく》しようという猿やパリジャンの理想でもなく、抑制と純潔によって達成される善の理想なのです。人々は常にそれを志向してきたのですし、今も志しているんですよ。しかも、それがどういう結果になるか、ひとつ見てください。

つまり、性愛が安全弁ということになるんですよ。もし、現在生きている人類の世代が目的を達成できなかったとすれば、それはもっぱら、さまざまな欲望や、その中でもいちばん強烈な性欲が存するからにすぎないのです。性的な欲望が存し、新しい世代も存するとあれば、したがって、次の世代に目的を達成する可能性もあるわけです。もしその世代も達成できなかったら、その次という具合で、そのうちいつかは目的が達成され、予言が実現されて、人々が一つに結びつくのです。でなければ、どうなります？　もし神がある目的が達成させるために人間を創《つく》り、しかも、性欲をもたぬ、いずれ死すべき存在としてか、でなければ不滅の存在として創ったと仮定したら、どうなるでしょう？　もし人間がいずれ死すべき存在で、しかも性欲をもたぬとしたら、どういう結果になるでしょう？　つまり、人間はある程度生きて、目的を達成せずに、死ぬにちがいありません。となると、目的を達成するために、神はまた新しく人間を創造しなければならぬことになるんです。また、もし人間が不滅だとして（もっとも、新しい世代がつぎつぎに誤りを正して完成に近づくわけではないのだから、このほうが人間にとっては辛《つら》いわけですが）、かりに彼らが何千年もの歳月ののちに目的を達成したと仮定すると、そのときには彼らは何のために存在することになるのでしょう？　彼らをどこへ始末すればいいのでしょうね？　つまり、今のあるがままの状態がいちばんいいんですよ……もっとも、ことによると、こんな表現の形式はお気に召さないんじゃありませんか、あなたは進化論者でしょう？　それでも、まったく同じ結論になるんですよ。万物の霊長たる人間は、他の動物との生存競争の中で生き残るためには、蜜蜂《みつばち》の群れのように一つに団結すべきであって、無制限に子供をふやすべきじゃないんです。ちょうど蜜蜂と同じように中性を育てなければいけないんです、つまり、またしても禁欲を志すべきであって、われわれの生活機構全体がめざしているような性欲の刺激など、決して志向すべきじゃないんですよ」彼はちょっと口をつぐんだ。「人類は絶滅するでしょうかね？　たとえどのようにこの世界を見るとしても、その事実を疑いうるような人間が、はたしているものでしょうか？　だって、そのことは死と同じように、疑う余地がないじゃありませんか。とにかく、あらゆる宗教の教義からいっても世界の終りは訪れるはずですし、すべての学説からいっても、同じ事態は避けられないのです。だったら、道徳の教えからいって、それと同じ結果になったとしても、べつにふしぎはないじゃありませんか？」

このあと彼は永いこと沈黙し、さらにお茶を一杯飲み干し、煙草を吸い終ると、袋から新しい煙草をとりだして、古いよごれたシガレット・ケースにつめた。

「あなたのお考えはわかります」わたしは言った。「それに似たことを、震教徒（訳注 新教の一派。外形上の儀式を排する）も唱えていますね」

「ええ、そうです、あの人たちの言うことも正しいのです」彼は言った。「性欲は、たとえどんなに飾りたててあろうと、やはり悪なのです。これは、われわれの間でやっているように奨励したりせず、あくまでもたたかわねばならぬ、恐ろしい悪ですよ。情欲をいだいて女を見る者は、すでにその女と姦淫《かんいん》したにひとしいという福音書の言葉は、他人の妻に対してのみ向けられたものではなく、何よりもまさに、自分の妻に向けられたものにほかならないのです」

12

「ところが、われわれの世界では正反対なんです。独身時代には禁欲を考えていた男にしても、いざ結婚すると、だれでもこれからはもう禁欲の必要はないと思いこむんですからね。だって、式のあと新郎新婦が親の許しを得て二人きりで旅にでるなんて、あれは淫蕩《いんとう》の公認以外の何物でもありませんよ。でも道義的な掟は、それを破るものがあれば、おのずから報復するのです。どんなにわたしがハネムーンを美しく作りあげようと努めても、何の結果も生れませんでしたよ。終始、いまわしく、恥ずかしく、退屈なだけでした。ところが、そのうえすぐにやりきれぬほど苦痛になってきたのです。すぐにそんな状態がはじまりました。たぶん三日目か四日目だったと思いますが、妻が淋《さび》しそうにしているのに気づいて、理由をあれこれたずねにかかり、そうするのが妻の望みうるすべてだと思ったものですから、抱きすくめにかかったところ、妻はわたしの手を払いのけて、泣きだしたのです。何を泣くことがあるんでしょう？　妻はうまく言い表わすことができませんでした。しかし、悲しい、辛い気持でいたんです。きっと、疲れきった神経が彼女に、夫婦の交わりのいやらしさに関する真実をひそかに告げたのでしょう。わたしが根掘り葉掘りたずねると、妻は母親と離れているのが悲しいといった意味のことを、何やら言いました。わたしには、それが嘘《うそ》だという気がしたのです。わたしは母親の件は黙殺して、妻を説得しはじめました。妻がただなんとなくやりきれぬ気持になっているだけで、母親なぞ口実にすぎぬということが、わたしにはわからなかったのです。ところが、わたしがまるで彼女の言葉を信じないみたいに母親の件を黙殺したというので、妻はとたんに気をわるくしましてね。あなたがあたしを愛していないことがよくわかった、などと言いだすのです。わたしが妻のわがままをなじると、ふいに妻の顔つきががらりと変って、悲しみに代って苛《いら》立《だ》ちがあらわれ、ひどく毒のある言葉でわたしのエゴイズムや薄情さを責めはじめました。わたしは妻を見つめました。妻の顔全体がまったくの冷淡さと、わたしに対するほとんど憎悪《ぞうお》にもひとしい敵意をあらわしているじゃありませんか。それを見て、ぞっとしたのを、今でも忘れませんよ。なぜ？　どうして？　わたしは考えました、愛とは二つの魂の結合のはずだ、それなのにこの有様とは！　そんなはずはない、これは真の彼女じゃないんだ！　わたしは妻をなだめようと試みかけたのですが、冷やかな毒々しい敵意の、超《こ》えがたい壁に突きあたったため、自分をかえりみる余裕もなく、わたしまで怒りに包まれてしまい、お互いに不快な言葉を山ほどぶつけ合ったものです。この最初の夫婦喧嘩《げんか》の後味はおぞましいものでした。わたしは夫婦喧嘩とよびましたけれど、あれは喧嘩ではなく、現実にわたしたちの間に存在した溝《みぞ》が暴露されたにすぎないのです。性欲が充《み》たされたことによって恋心が薄れ、お互いの本当の関係の中に面と向い合って取り残されただけですよ、つまり、互いに相手を通じてできるだけ多くの楽しみを得ようと望んでいる、まったく他人同士の、二人のエゴイストがね。わたしは夫婦の間に生じたことを、喧嘩とよびました。しかし、あれは喧嘩ではなく、性欲がやんだ結果あらわれたお互いの本当の関係にすぎなかったのです。わたしはこの敵意にみちた冷たい関係が二人の正常な関係であることを理解していませんでした。それを理解できなかったのも、最初のうちはこの敵対的な関係が、ふたたびもやもやと立ちこめた性欲によって、つまり恋情によって、すぐに覆《おお》いかくされてしまったからなのです。

だからわたしは、ちょっと夫婦喧嘩して仲直りしただけだ、こんなことはもう二度と起りゃしない、と思ったものです。しかし、ハネムーンの最初のこのひと月の間に、すぐにまた飽和の時期が訪れ、ふたたびわれわれはお互いに相手を必要とする存在ではなくなって、また喧嘩が起りました。この二度目の喧嘩は、最初のときにもましていっそうわたしの胸を痛く打ったのです。してみると、最初のも偶然ではなく、これが普通で当然なのだし、今後も起るだろう、と思ったからです。二度目の喧嘩は、およそ考えられぬようなきっかけから起っただけに、わたしにとってはよけいショックでした。妻のためにならわたしは金など惜しみませんでしたし、決して惜しむはずもないのですが、何か金のことが原因だったのです。妻が何やら妙なふうに話をこじらせたために、わたしのちょっとした小言が、金の力で妻を支配しようという気持のあらわれと取られ、まるでわたしが財産の独占権だとか、わたしにも妻にも似合わぬ何か、およそ信じられぬくらい愚劣な卑《いや》しいことだとかを言い張っているような形になったことだけは、おぼえています。わたしは怒って、妻のデリカシーのなさを非難し、妻はわたしを責めるといった具合で、また喧嘩になったのでした。妻の言葉にも、顔や目の表情にも、以前あれほどショックだった、あの残酷な冷たい敵意を、ふたたびわたしは見いだしたのです。兄や、友達や、父親とよく喧嘩したのをおぼえていますが、この場合のような一種特別な、毒のある敵意など決してありませんでしたよ。それでも、しばらくたつと、お互いの憎悪がまたしても恋情の下に、つまり性欲の下に隠されてしまうので、わたしはいまだに、あの二度の喧嘩は取返しのきく過《あやま》ちなのだという考えで、心を慰めていたのです。しかし、三度目、四度目の夫婦喧嘩が起きて、さすがのわたしも、これは偶然ではない、こうなるのが当然だし、今後もずっとこうなのだとさとって、行手に立ちはだかっているものに慄然《りつぜん》としたものです。その際さらにわたしを苦しめたのは、よその夫婦にはこんなことは起らないのに、わたし一人だけが、期待したのとは似ても似つかぬ、ばかげた暮しを妻と送っているのだ、という考えでした。そのころのわたしはまだ、これがみなに共通の運命であることや、だれもがわたしと同じようにそれを自分たちだけの例外的な不幸だと考えて、その例外的な恥ずべき不幸をほかの人たちばかりか、自分自身にさえ秘め隠し、みずからそれを認めようとせずにいることを、知らなかったのです。

この不幸は新婚当初からはじまり、ますます強くはげしくなりながら、終始つづいいたのでした。最初の何週間かで、わたしは心の底で、俺《おれ》はひっかかった、期待していたのとは違う結果になってしまった、結婚なんて幸福でないばかりか、何かとても辛いものだ、と感じたのですが、それでもみなと同じように、それを認めようとせず（あんな終末がなければ、今でも認めずにいたでしょうがね）、ほかの人たちだけではなく、自分自身にさえ隠していました。どうして自分の本当の状態に気づかなかったのか、今ではふしぎでなりませんよ。終ったあとでは何が原因だったか思いだすこともできぬような、くだらぬきっかけから喧嘩がはじまるという、それだけの理由からでも気づきそうなもんですがね。常に存在しているお互いの敵意に対して、もっともらしい口実を作りだすだけの余裕が、理性になかったのですよ。しかし、それにもまして おどろくのは、仲直りの口実のいい加減さでしたね。時には言葉や、釈明や、涙さえ見られることもありましたが、時には……ああ！　今思いだしても気色がわるくなりますよ。このうえなく冷酷な言葉をぶつけ合ったあとで、突然、無言のまま互いに見つめ合い、にっこりし、キスして、抱き合う……ふう、いやらしい！　どうしてあの当時、あんなことの醜悪さに気づかずにいられたんでしょうね……」

13

乗客が二人入ってきて、遠くの座席に腰を落ちつけにかかった。二人が席につく間、彼は黙っていたが、二人が静かになるやいなや、明らかに思考の糸を片時も失わずにいるらしく、話をつづけた。

「とにかく、何よりも汚《けが》らわしいことは、ですね」彼は話しはじめた。「愛とは何か理想的な高尚なものだと理論では考えられているのに、実際には、愛とはそれについて語るのも思いだすのもいやらしく、恥ずかしいくらい、何かいやらしい下劣なものだ、ということなんです。なにしろ、それがいやらしい恥ずかしいことだという事実を、自然が作ったのには、それだけの理由があるはずですよ。いやらしい、恥ずかしいことだとしたら、そのように理解しなけりゃなりません。ところが反対に人々は、いやらしい恥ずかしいことが美しい高尚なことであるようなふりをしているんですからね。わたしの愛の最初の徴候はどんなものだったでしょう？　ほかでもありません、ありあまるほどの動物的欲望をわたしが恥じぬばかりか、むしろなぜかそうした精力のありあまっていることを得意がって、それにひたりきり、しかもその際、妻の精神生活はおろか、肉体的な生活さえ考えてやろうとしなかったことなのです。お互いの憎しみがどこから生じたのかを、わたしはふしぎがっていたのですが、問題はしごく明らかだったんですよ。この憎しみは、人間の本性が自分を圧《お》しつぶそうとする動物的本性に対してあげた抗議にほかならなかったのです。

わたしはお互いの憎しみを、ふしぎに思っていました。でも、それ以外の道はありえなかったのです。その憎しみは、犯罪の共犯者たちが、その犯罪の教唆《きょうさ》と加担に対して互いにいだくあの憎しみ以外の何物でもありませんでした。とにかく妻は、かわいそうに、結婚したその月に身ごもったのに、われわれの汚らわしい関係はずっとつづいていたのですから、どうしてこれが犯罪でないと言えるでしょう？　わたしの話が脱線したと思ってらっしゃるんですね？　とんでもない！　わたしは終始、どうして妻を殺したのかをお話ししているんです。法廷でわたしは、どんな凶器でどうやって妻を殺したか、尋問されましたよ。愚劣な！　みんなは、わたしが妻を殺したのはあの日、十月五日、ナイフでだと思っているんです。わたしが妻を殺したのはあの日じゃない、もっとずっと以前です。あの連中が、みんなが今殺しているのと、まったく同じように……」

「でも、どうやってです？」わたしはたずねた。

「これほどはっきりと明らかなことを、だれ一人知ろうとしないという、まさにその点こそふしぎでなりませんよ。医者だって当然それを知っていて説くべきなのに、黙りこんでいるんです。だって、問題はひどく単純なことですからね。男と女は、動物と同じように創《つく》られているんです。つまり、肉体的な愛のあと、妊娠、さらに授乳といった具合に、女にとっても子供にとっても同様に肉体的な愛が有害となる状態がはじまるのです。女と男は同数でしょう。とすれば、ここからどういう結論がでますか？　明白だと思いますがね。このことから、動物が現に実行しているような結論、つまり禁欲という結論をひきだすには、さほどの知恵も必要ありませんよ。ところが、そうじゃないんです。科学は血液の中を走る白血球とかいうものや、ありとあらゆる不必要なばかばかしいものを発見する域にまで到達しながら、こんなことが理解できなかったんですよ。少なくとも、科学がこの問題を論じたのなぞ、きいたためしがありませんね。

だから、女性にとってこの解決法は二つしかないのです。一つは、男がいつでも安心して快楽を得られるようにするため、わが身を片輪にして、女性である能力、つまり母親になれる能力を根絶するか、あるいは必要に応じて破棄することです。さもなければ第二の解決法で、これはもう解決策でさえなく、自然の法則を手軽に、乱暴に、真っ向から破ってしまうことですが、この解決策はどこのいわゆる良家でも実行されていますよ。つまり、女が自己の本性に反して、懐胎者と、授乳者と、情人との三役を同時につとめなければならない、すなわちいかなる動物も堕したことのない存在にならねばならぬという解決法です。しかし、それには力がとうてい足りない。だからこそ、われわれの社会にはヒステリーや神経衰弱が、そして民衆の間には癲狂病《てんきょうや》みが多いのです。いいですか、癲狂病みというのは、若い清純な娘の間にはなくて、もっぱら女、それも夫と暮している女に限られるんです。わが国ではそうです。西欧でもまったく同じことですよ。どの病院も、自然の法則を破ったヒステリー女たちで満員なんです。しかし、癲狂病みとかシャルコ氏病（訳注　十九世紀フランスの神経病理学者シャルコの研究対象となったヒステリー症）の患者となると、まったくの不具者ですが、半片輪の女は世界じゅうに充ちあふれているんですよ。だって、身ごもったときや、生れた子供に乳を与えているとき、その女の内部でどれほど偉大な事業が行われているか、ちょっと考えればわかるじゃありませんか。われわれのあとを継ぎ、われわれにとって代るべきものが、育ちつつあるんですからね。その神聖な仕事がぶちこわされるんです——それも何によってでしょう？　考えるのも恐ろしいじゃありませんか！　そのくせ、自由だの、女性の権利だのと、論じたてるんですからね。こんなのは、食人種が捕虜にした人間を食用にするためにせっせと太らせながら、同時に捕虜たちの権利や自由について心を砕いていると言い張るのと、まったく同じですよ」

こうした意見はすべて斬新《ざんしん》で、わたしの心を打った。

「それじゃ、どうなんですか？　もしそうだとすれば」わたしは言った。「妻を抱けるのは二年に一度ということになりますけど、でも男は……」

「男はやりきれない、とおっしゃるんですね」彼はすかさず言った。「またしても、愛すべき科学の奉仕者たちが、みんなにそう信じこませたってわけだ。かりにわたしがその魔法使たちに、男にとってなくてはならぬ存在だとその連中が考えている、女の役割をはたすよう命じたら、今度は彼らは何を言いだすでしょうかね？　ウォトカや煙草《たばこ》や阿片《あへん》はなくてはならぬものだと、人間に教えこんでごらんなさい、そういうものがすべて必需品になるでしょうよ。神さまは何が必要かを理解していなかったので、魔法使に相談もせずに、不手際《ふてぎわ》な設備を整えた、ということになるのです。辻褄《つじつま》が合わぬことに、お気づきになりましたか。男にとっては、性欲を充たすことが必要であり、不可欠だと、彼らは決めたものの、今度はそこへ、その欲望の充足を妨げる出産だの育児だのが割りこんできたんですからね。いったいどうすりゃいいんです？　魔法使に相談すりゃ、うまく取りしきってくれるだろう、というわけで、彼らも知恵をしぼったのです。ああ、いったいいつになったら、欺瞞《ぎまん》にみちたああいう魔法使たちの、化けの皮がはがれるんでしょう？　もうその潮時ですよ！　もはや事態はこんなところにまで立ちいたって、発狂したり、自殺したりする人間もでているんです。それもすべては、あのことが原因ですからね。それ以外に何がありますか？　動物たちは、さながら子孫が自分らの種属を存続させることを承知しているかのように、この面では一定の法則を守っています。人間だけがそれを知らず、また知ろうともしないんですよ。そして、できるだけ多くの快感を得ようなんてことにばかり、心を砕いている始末なんだ。しかも、それがだれかと思や、万物の霊長たる人間なんですからね。いいですか、動物が交尾するのは子孫を作りうる時期に限られています、ところが、汚らわしい万物の霊長は時を選ばずで、快感さえ得られりゃいいって始末ですよ。それればかりじゃなく、こんな畜生道を珠玉の創造物にまで、愛にまで、高めるのです。そしてこの愛、つまり、汚らわしい行為のために、滅ぼしているのです、何をか？　人類の半分をですよ。真理と幸福とをめざす人類の運動において、本来ならば協力者であるべき全女性を、男はおのれの快楽のために、協力者どころか、敵にしているのです。人類の進歩の動きにいたるところでブレーキをかけているのが何か、よくごらんになるといい。それは女です。じゃ、なぜ女がそうなのか？　もっぱら、あのことが原因にほかなりませんよ。そう、そうですとも」彼は何度かくり返すと、どうやらいくらか心を静めたいらしく、身動きして、煙草をとりだし、吸いはじめた。

14

「まあ、そういう豚のような生活を、わたしは送っていたのです」ふたたび以前のような口調で、彼はつづけた。「何よりいけないのは、そんな不潔な生活を送りながら、俺《おれ》はほかの女に心を動かさない、だから誠実な家庭生活をいとなんでいるし、道義的な人間なのだ、俺には何一つやましい点はない、夫婦喧嘩《げんか》が起るとしたら、妻が、妻の性格がわるいんだ、と思いこんでいたことでした。

わるいのは、もちろん、妻じゃありません。妻はすべての女、大多数の女と、同じような人間だったのです。妻は、われわれの社会における女性の地位が要求するような教育を、したがって生活を保証された階級の女性が例外なしに一人残らず受けるような、また受けざるをえないような教育を、やはり受けてきたのです。このごろは何やら新しい女性教育が、しきりに論じられていますね。あんなのはすべて、空疎《くうそ》な言葉にすぎませんよ。だって女性教育といっても、まさに、現存する、偽りでない本当の、普遍的な女性観の下で当然そうあらねばならぬ、といった類《たぐ》いのものなんですから。

だから女性の教育は常に、男性の女性観に一致するのです。だってわれわれはみな、男がどんなふうに女を見るかを知っていますからね。いわゆる《酒と女と歌》というやつで、詩人たちも詩の中でそう語っていますよ。恋愛詩だの、ヴィーナスやフリーネ（訳注　古代ギリシャの美貌《びぼう》の娼婦《しょうふ》）の裸像だのをはじめとして、すべての詩や、絵画や、彫刻をとりあげてみれば、女が快楽の道具にほかならぬことが、わかるはずです。トルブナーヤ街でも、グラチョフカ（訳注　ともにモスクワの歓楽街）でも、宮廷の舞踏会でも、女はそういう存在なのです。しかも、悪魔の奸知《かんち》を見てください。快楽だの、楽しみだのというんなら、はっきり、楽しみなんだとか、女は甘美な肉の塊《かたまり》だとかと認めたらよさそうなものですがね。そうじゃないんです。最初は騎士たちが、女を神格化するなんて主張しました し（いくら神格化したって、やはり快楽の道具として見ているんですが）、このごろじゃ女を尊敬するなんて言い張る始末ですよ。席を譲ったり、ハンカチを拾ってやったりする者もいれば、女性がすべての職務につく権利だの、参政権だのを認める連中もいます。そういうことはすべて実行するくせに、女性観だけは相変らず昔のままなんですからね。女は快楽の道具なんです。女の身体《からだ》は快楽の手段なんですよ。女のほうもそれを承知しています。奴隷《どれい》制度とまったく同じことですよ。奴隷制度というのは、大多数の強制的な労働を一部の者が利用することにほかならないのです。だから、奴隷制度をなくすためには、人々が他人の強制労働を利用することを望まぬようにして、それを罪悪か恥辱とみなすようになることが必要なんですよ。にもかかわらず、奴隷制度の表面的な形を取り払い、廃止して、今後は奴隷に対する不動産登記ができぬようにすれば、それでもう奴隷制度が存在しないものと想像し、自己を納得させ、実際には人々が相変らず同じように他人の労働を利用することを好んで、正しいよいこととみなしている以上、依然として奴隷制度は存在しつづけているという事実に気づかず、また気づこうともしないのです。また人々がそれをよいこととみなすやいなや、ほかの連中よりいっそう強力で狡猾《こうかつ》な人々が必ず現われて、それをやってのけるんですよ。女性解放だって、同じことです。女性の隷属とは、もっぱら、人々が快楽の道具として女性を利用することを望み、それをきわめて結構なこととみなしている点にあるのですからね。現に、女性を解放し、男と対等のあらゆる権利を与えてはいるものの、依然として女を快楽の道具として眺《なが》めていますし、子供時代から世論によって女はそう教育されているんです。だから女はいつになっても、卑《いや》しめられ堕落させられた奴隷でありつづけるのですし、男は依然として堕落した奴隷所有者でありつづけるのです。

大学や議会では女性を解放しようとしていますが、その実やはり女を快楽の対象として眺めているのです。わが国でずっと教えこまれてきたように、女性にそういう目で自分を眺めることを教えこんでごらんなさい、女はいつまでたっても低級な存在でありつづけることでしょうよ。破廉恥《はれんち》な医者どもの手をかりて避妊を行う、つまり完全な娼婦《しょうふ》になって、もはや動物のレベルどころか、品物のレベルにまで身をおとしてしまうか、でなければ、現在の女性の過半数がそうであるような姿、つまり、精神的発達の可能性をもたぬ、現状そのままのような、精神的に病んだヒステリーの不幸な存在となってしまうか、なのです。

中学や大学じゃ、これを変えることはできませんよ。これを変えうるのは、男性の女性観や、女性自身の女性観の変化だけです。これが変るのは、女性が純潔の状態を最高の状態とみなすようになるときだけです。この最高の状態が恥や醜態と考えられている現在とは違って、ですね。これがないかぎり、どういう教育が行われようと、あらゆる娘の理想は依然として、選択の可能性をもつためにできるだけ多くの男性を、できるだけたくさんの牡《おす》を惹《ひ》きつけることでありつづけるでしょうよ。

あの娘はちょっとばかりよけいに数学を知っているとか、この子はハープを弾《ひ》けるとかいうことは、何一つ事態を変えやしないのです。男を籠絡《ろうらく》すれば、女は幸せになり、望みうるすべてを獲得するんですからね。だから女の最大の仕事は、男を籠絡するすべを学ぶことなんです。今までもそうだったし、これからもそうです。われわれの世界では、娘時代にもそうだし、結婚後もそれがつづくんですよ。娘時代には婿《むこ》選びのためにそれが必要とされ、結婚後は夫を支配するために必要になるのです。

　これをやめさせるか、せめて一時的にでも抑圧してくれる唯一《ゆいいつ》のものは、子供です。それも女が片輪でない場合、つまり自分で乳を与える場合に限りますがね。しかし、この場合にもまた医者がからむのですよ。

　わたしの妻の場合も、自分の乳を与えたいと望んで、二度目からは五人の子供を自分の乳で育てたのですが、最初の子のときにはたまたま身体具合をわるくしていたのです。すると医者たちは恥知らずにも妻を裸にして、身体じゅう撫《な》でまわしたあげく――しかもそれに対してわたしはお礼を言って、金まで払わなけりゃならないんですからな――その親切な医者どもは、妻が授乳すべきではないという見立てをしたのです。そのため妻は、初産《ういざん》のときには、媚態《びたい》から自分を解放してくれるはずのこの唯一の手段を奪われましてね。子供を育てたのは乳母《うば》で、つまりわたしたちは、一人の女の貧しさと、困窮と、無知とにつけこんで、その女を自分の子供から引き離してわたしたちの子供におしつけ、その代償としてレースのついた頭巾《ずきん》をかぶせてやったというわけです。しかし、そんなことは問題じゃありません。問題は、妊娠と育児から解放されたまさしくこの時期に、それまで眠っていた女性特有の媚態が妻の内に、とりわけ強い力であらわれたことにあるんです。それに応じてわたしの内にも、やはりとりわけ強い力で、嫉妬《しっと》の苦しみが生れ、それが結婚生活を通じて終始、休みなく、わたしをさいなみつづけたのです。こういう苦しみは、わたしがやってきたように、つまり淫《みだ》らな生活を妻とすごしている、世のすべての夫をさいなまずにはいないはずですよ」

15

「結婚生活を通じて終始、わたしはいつも嫉妬の苦しみを味わいつづけていました。しかし、とりわけ鋭くその感情に悩んだ時期も、何度かあったのです。そういう時期の一つは、最初の子供ができたあと、医者が授乳を禁じたときです。このとき、わたしは特に嫉妬したものでした。なぜなら、第一に、妻は母親特有の不安を味わいつづけ、それが当然のことながら生活の正常な歩みをたえず乱したからです。また第二に、妻が母親としての道義的義務を実にたやすく放棄したのを見て、わたしは、この女は妻としての義務も同じようにあっさり放棄するだろうと、無意識とはいえ、しごくもっともな推理をしたのです。まして、妻はまったく健康で、親切な医者たちの禁止にもかかわらず、二番目の子供からは自分で授乳し、立派に育てたのですから、なおさらのことですよ」

「それにしても、あなたは医者がおきらいのようですね」医者のことを口にするたびに、その声が特に憎悪《ぞうお》にみちた表情をおびるのに気づいて、わたしは言った。

「これは、好きとかきらいとかいう問題じゃありません。あの連中は、何千人、何十万人の生活を滅ぼしてきたし、現に滅ぼしつつあるのですが、それと同じようにわたしの生活も滅ぼしてしまったのです。わたしは原因と結果を結びつけずにはいられないんですよ。弁護士だのその他の手合いと同様、あの連中だって金儲《かねもう》けをしたいってことは、わたしにもわかりますし、収入の半分を喜んで進呈してもいいくらいです。また、あの連中のやっていることがわかりさえしたら、だれだって、自分の収入の半分を喜んでくれてやることでしょうよ、ただし、われわれの家庭生活にくちばしを入れたり、われわれのそばに決して近づいたりしてくれさえしなければ、の話ですが。べつに資料を集めたわけじゃありませんが、あの連中が出産はとてもむりだと説いて、母親の胎内で赤ん坊を始末し、そのあと同じその母親が立派に子供を産んでいるケースだとか、あるいは何やらの手術という名目で母親を殺してしまったケースだとかを、わたしは何十となく知っていますし、そういう例は数えきれぬくらいあります。とにかく、人類の幸福のためと考えられている以上、宗教裁判の殺人と同じで、だれもこの種の殺人を数えたてたりしませんからね。あの連中のやってのける犯罪は、とても数えきれるもんじゃありません。しかし、それらの犯罪も、彼らが特に女性を媒介にしてこの世界にもたらす唯物《ゆいぶつ》主義の道義的頽廃《たいはい》にくらべれば、ものの数じゃないんです。もしあの連中の指図《さしず》に従ってばかりいたら、いたるところ、あらゆるものの内にひろまっている悪影響のおかげで、人々は団結どころか、分裂に向わざるをえない、ということはもはや言いますまい。なにしろ彼らの教えによれば、すべての人が離ればなれに坐《すわ》って、石炭酸の入った吸入器を口から離さずにいなけりゃならないというんですからね（もっとも、これも役に立たぬことが発見されたようですが）。しかし、それもかまやしません。最大の害毒は、人々を、とりわけ女性を堕落させる点なのです。

この節は『お前はよくない生活をしている。もっとましな暮しをしなさい』などと言うわけにいかないんですね。自分に対しても、他人に対しても、これを言ってはならないんです。かりによくない生活をしているなら、その原因は神経機能の異常か何かにある、というわけでしてね。医者のところへ行かなけりゃならない、そうすれば医者が三十五コペイカで薬を処方してくれますから、それを飲めばいい。さらに具合がわるくなったら、また薬と医者に頼るってわけです。結構な仕組みじゃありませんか！

でも、問題はそんなことじゃありません。わたしは、妻が自分で立派に子供たちを育て、この懐妊と育児だけがわたしを嫉妬の苦しみから救ってくれていたことを、お話ししただけです。かりにそれがなかったら、すべてはもっと以前に起っていたでしょうよ。子供たちがわたしと妻とを救ってくれたのです。妻は八年間に子供を五人産みましてね。それをみんな自分の乳で育てたんですよ」

「で、今どこにいらっしゃるんです、お子さんたちは？」わたしはきいてみた。

「子供たちですか？」ぎょっとしたように、彼はきき返した。

「失礼しました、ことによると思いだすのがお辛《つら》いのでは？」

「いいえ、大丈夫です。子供たちは、家内の姉と弟が引きとりました。わたしには渡してくれなかったんですよ。子供たちに財産を譲ったのですが、子供たちは渡してもらえませんでした。とにかく、わたしは狂人みたいなものですからね。今、子供たちのところからの帰りなんです。会わせてはもらいましたが、引き渡そうとしないんです。でなけりゃ、両親のような人間にならぬように、子供たちを育ててみせるんですがね。ところが、やはりわれわれみたいな人間にしたいんですね。まあ、やむをえません！　わたしに子供を引き渡さないのも、信用してくれないのも、わかりますよ。それにわたしだって、子供を育てることができるかどうか、わかりませんしね。むりだと思いますよ。わたしは廃人だし、片輪者ですから。一つのことだけは、わたしの内にあるんです。それはわかっています。みんながまだ早急には知りそうもないことを、わたしがすでに知っている、それだけは確かですね。

そう、子供たちは達者ですし、いずれ周囲のみんなと同じような野蛮人に育つことでしょう。子供たちに会ってきたんです。三回会いました。わたしはあの子たちのために、何一つしてやれないんですよ。何一つ。今から南ロシアのわが家へ帰るところです。向うに小さな家と庭があるもんですからね。

そう、わたしが今知っていることを、世間の人たちはまだ早急には知りえないでしょうね。太陽や星に、鉄がどれくらいあるか、どんな金属があるか、そんなことはすぐに知るにいたるでしょう。しかし、われわれの低劣さをあばいてくれるもの――これは容易にわかりゃしませんよ、ひどくむずかしいことです……

あなたがせめてこうして話をきいてくださっているだけでも、わたしは感謝しているんですよ」

16

「あなたは今、子供のことをおっしゃいましたね。ところが、子供に関しても、またしても実にひどい嘘《うそ》が横行しているのです。子供は神の祝福だとか、子供は喜びだとかって。こんなのはみな、嘘っぱちです。これはみな昔のことで、今やそんなものは何一つありゃしませんよ。子供は苦しみ以外の何物でもありません。大多数の母親は率直にそう感じていますし、時によるとうっかりして、率直にそれを口にだすことさえありますからね。われわれ裕福な階級の大部分の母親におききになってごらんなさい。子供が病気をしたり、死んだりするかもしれぬという恐怖だけで、子供なんぞもちたくないし、かりに産んだとしても、愛着をおぼえたり、悩んだりせぬために、自分の乳で育てたくはない、と言うにきまっていますから。子供が小さな手足や身体などのかわいらしさによって与えてくれる楽しみや、子供のもたらす喜びも、子供の病気や死は言うまでもなく、病気や死の可能性に対する心配だけで母親の味わう苦しみにくらべたら、ずっと少ないものですよ。損得を秤《はかり》にかけると、損だとわかるため、子供をもちたがらないんですね。世の母親たちは、そういう感情が子供への愛情から発しているのであり、誇るに足る美しい立派な感情だと思いこんでいるために、臆《おく》する色もなく大胆にそう言ってのけるのです。そういう考え方によってずばりと愛情を否定し、おのれのエゴイズムだけを強調していることには、気づかないんですね。彼女たちにとっては、子供の身を案ずる恐怖にくらべれば、子供の魅力から得る喜びのほうが少ないために、かわいがってやるような子供なんぞ必要ないってわけです。彼女たちは、愛する存在のために自己を犠牲にするんじゃなく、愛される存在になるべきものを自分のために犠牲にするんですからね。

これが愛ではなく、エゴイズムであることは明らかです。しかし、裕福な家庭の母親たちをそのエゴイズムゆえに非難しようとしても、彼女たちがわれわれ貴族社会の生活の中で、またしても医者どものおかげで、子供の健康のために苦しみぬいていることを思い起すと、非難する気になれませんよ。現在でさえ、結婚当初、子供が三人も四人もできて、その世話にかかりきりになっていたころの、妻の生活や状態を思い起すやいなや、慄然《りつぜん》とするほどですよ。わたしたちの生活なんて全然ありませんでしたからね。あれは何か限りない危険の連続のようなものでした。そこからやっと救われると、ふたたび危険がおとずれ、また必死の努力をして、また救われるといった按《あん》配《ばい》で、のべつ難破船に乗っているような状態でしたよ。時々は、わざとそうしているのだ、妻がわたしを尻《しり》にしくために、子供の心配ばかりしているふりをしているのだ、という気のすることもありました。それほど、その状態は魅力的で、すべての問題を妻に有利なように解決してくれたからです。時々は、そんな際に妻が言ったりしたりすることはすべて、わざと言ったりしたりしているのだと思われたこともあったほどです。ところが、そうじゃないんですね。当の妻自身も子供たちのこと、子供たちの健康や病気などで、いつもひどく思い悩み、苦しんでいたんですね。妻にとっても、わたしにとっても、拷問《ごうもん》でしたよ。妻だって思い悩まずにはいられなかったのです。なにしろ、子供への愛着や、子供を育て、あやし、庇護《ひご》しようという動物的要求は、大多数の女性と同様に、もち合せているのですが、動物にみられるような、想像力と分別との欠如は、そなわっていないのですからね。牝鶏《めんどり》はヒヨコの身に何か起りはせぬかなどと心配しませんし、ヒヨコがかかりかねぬあらゆる病気を知っているわけでもなく、病気や死から救うことができると人間どもが考えている薬の類《たぐ》いも知りません。だから、牝鶏にとって、ヒヨコは悩みの種ではないのです。牝鶏がヒヨコのためにしてやることは、本性にかなった、するのが楽しい仕事なのです。牝鶏にとってヒヨコは喜びなのですよ。だから、ヒヨコが病気になっても、牝鶏の心づかいは非常にはっきり定まっています。暖めてやり、餌《えさ》を食べさせてやるだけです。そして、それをする際にも、牝鶏は、自分は必要なことをすべてやっていると承知しているのです。

ヒヨコが死んでも、牝鶏は、なぜ死んだのか、どこへ行ってしまったのか、などと自分にたずねたりせず、しばらく鳴いたあと、鳴きやんで、以前通りの生活をつづけるのです。ところが、われわれ社会の不幸な女性や、わたしの妻にとっては、そうじゃありません。病気やその治療法に関しては言うまでもないことながら、躾《しつけ》や育て方に関しても、妻は限りなく多種多様な、のべつ変化する原則を、ありとあらゆる方面からきかされたり、読んだりしていましたからね。こんなものを、こういうふうに食べさせなければいけないとか、いや、そうじゃない、こうでなければだめだとかってね。着せるもの、飲ませるもの、行水の使わせ方、寝かせつける方法、散歩、外気浴など、これらすべてに対してわれわれ、ことに妻は毎週新しい方式を知らされるんですよ。まるで、子供がこの世に生れるようになったのが、つい昨日からの出来事みたいにね。しかも、やれ食べさせ方が違うの、行水のやり方が正しくないの、タイミングがわるいのと言われ、子供が病気にでもなろうものなら、妻がわるいことになり、妻のやり方が間違っていたことになってしまうのです。

これは健康な間の話です。これでさえ、苦しみですがね。ところが病気にでもなられたら、もうお手上げですよ。完全な地獄です。病気は癒《なお》すことができる、そういう学問があるし、医者とよばれる人たちがいて、その人たちが心得ている、と考えられていますがね。それを心得ているのはすべての医者じゃなく、もっとも優秀な連中だけなのです。だから、子供が病気になったら、救うことのできる最高の名医にめぐりあうことが必要で、そうすれば子供は助かるってわけです。ところが、その名医がつかまらなかったり、名医の住んでいる土地に暮していなかったりしたら、子供は一巻の終りですからね。これは妻だけの例外的な信念じゃなく、同じ階級のすべての女性の信念で、妻はまわりじゅうからそんな話ばかりきかされていたんですよ。エカテリーナ・セミョーノヴナのところでは、早いうちにイワン・ザハールイチ先生をよばなかったものだから、子供が二人死んでしまったとか、マリヤ・イワーノヴナのところでは、イワン・ザハールイチ先生が上のお嬢さんを救ってくださったとか、ペトロフさんの家ではお医者さまのすすめに従って、早いうちに、あちこちのホテルに家族が分散したので、命をとりとめたけれど、隔離されなかった子供さんたちは死んでしまったとか、あの奥さまには身体《からだ》の弱い赤ちゃんがあったけれど、お医者さまのすすめで南へ転地したために、赤ちゃんを命拾いさせた、とかってね。動物的な愛着をいだいているわが子の生命が、イワン・ザハールイチとやらの意見を母親がタイミングよく知るかどうかにかかっているという以上、どうして一生思い悩んだり、胸を痛めたりせずにいられましょう！　ところが、イワン・ザハールイチがどんな診断を下すかは、だれ一人知りやしませんし、なかでも当の彼自身はだれよりも知らないのです。なぜなら、自分は何一つわからないし、何を癒すこともできないのだけれど、何かを心得ているという人々の信用を失いたくないばかりに、口から出まかせを並べたてているにすぎないってことは、本人が非常によく承知しているからですよ。とにかく、妻が完全に動物になりきれたなら、ああまで思い悩まずにすんだでしょうし、また、完全に人間でいられたなら、きっと神を信じて、ちょうど信心深い百姓女が言うように『神さまがお授けになって、神さまがお召しになったのだ、しょせん神さまから逃れるわけにはいかないのだ』と言ったり、考えたりしたことでしょう。きっと妻は、すべての人間の生死と同様に、自分の子供たちの生死もまた、人間の力の及ばぬ、神だけの支配下にあるのだと考えたことでしょうし、そうすれば、子供たちの病気や死を未然に防ぐのは自分の仕事なのに、自分はそれをしなかったといって、思い悩んだりもしなかったはずです。でないと、妻にしてみれば、数限りない災厄にさらされている、きゃしゃな、ひよわな子供ばかり授かるという状態が存在したわけですからね。それらの子供に対して、妻は熱烈な動物的な愛着を感じているのです。それだけではなく、それらの子供は妻にまかされ、それでいながら同時に、その子供たちを守り育ててゆく手段はわれわれには秘め隠されていて、まったく縁もゆかりもない連中にだけ明かされているため、その連中の奉仕や助言を得るには大金を積むほかなく、それとて常に得られるとはかぎらない始末ですからね。

子供たちをかかえた生活全体が、妻にとって、したがってわたしにとっても、喜びではなく、苦痛でした。どうして苦しまずにいられるでしょう？　妻はたえず悩み通しでしたよ。嫉妬《しっと》やただの夫婦喧嘩《げんか》の一幕がすんでやっと気持が落ちつき、これから少しはまともな生活をしよう、本を読んだり、考えごとをしたりしようという気になって、何かしら仕事に取りかかるか取りかからぬうちに、突然、ワーシャが吐いただの、マーシャが血便をしただの、アンドリューシャが蕁麻疹《じんましん》になっただのという知らせが舞いこむことも始終ですし、そうなると万事終りで、生活なんぞなくなってしまうのです。どこへ駆けつけたらいいか、どの医者をよびにやったものか、どこへ隔離するかという有様で、やれ灌腸《かんちょう》だ、検温だ、薬だ、医者だ、という騒ぎがはじまります。これが終るか終らぬうちに、別の何かがはじまるといった具合で、安定したまともな生活なんぞありませんでしたよ。あったのは、先ほども申しあげたように、想像される危険や実際の危険をのべつ切りぬけることだけでした。今だって大部分の家庭がそうですよ。わたしの家庭ではそれが特に際立《きわだ》っていただけです。妻が子煩悩《こぼんのう》で、信じやすい性質でしたからね。

「そういうわけで、子供たちの存在はわれわれ夫婦の生活を改善しなかったばかりか、むしろ毒したほどでした。それどころか、子供はわたしたちにとって、不和への新しいきっかけになったのです。子供ができて以来、しだいに育ってゆくにつれて、当の子供たちが夫婦喧嘩の対象や手段になることが、ますますひんぱんになってきたのです。夫婦喧嘩の対象となっただけではなく、子供たちはたたかいの武器にさえなりました。わたしたちはまるでお互いに子供を武器にして、たたかっていたようなものでした。夫婦のどちらにも、喧嘩の武器になる、お気に入りの子供があったのです。わたしは長男のワーシャを、妻は娘のリーザを武器にすることが多かったようです。それればかりではなく、子供たちが成長して、性格が定まってくると、夫婦してそれぞれ自分の側に引入れて同盟者とするようなことにまでなりましてね。気の毒に、子供たちはそのことをひどく悩んでいましたが、のべつ戦争をしているわれわれにしてみれば、子供たちのことなぞ考えてやるどころじゃなかったんですよ。女の子はわたしの味方でしたが、母親似の長男坊は、妻のお気に入りだったため、わたしに憎まれることも始終ありましてね」

17

「で、まあ、こんな生活をしていたのです。二人の関係は敵対的なものになる一方でした。そしてしまいには、もはや意見の相違が敵意を生むのではなく、敵意が意見の相違を生むところにまで行きついたのです。妻が何を言おうと、わたしは言う前から反対でしたし、妻もまったく同じことでした。

結婚四年目には、どちらの側からもひとりでに何となく、われわれはお互いに理解し合ったり、同意し合ったりすることはできないのだ、という結論がだされたのです。ごく簡単なことでも、とりわけ子供のこととなると、わたしたちは必ずどちらも自分の意見に固執しました。今思いだしてみると、わたしの固執した意見など、決して譲歩できぬような、大切なものではなかったのですがね。しかし、妻は反対の意見でしたから、譲歩するとなると、取りも直さず、妻に譲歩することになるわけです。それがわたしにはできなかったのでした。妻だってそうです。妻はおそらく、わたしに対しては常に自分のほうがまったく正しいとみなしていたでしょうし、わたしも自分のひいき目で見て、いつも妻に対しては聖者だと思っていたのです。二人きりになったときには、ほとんどいつも沈黙か、でなければ動物でさえお互い同士で交わせると思う程度の会話にとどまる定めになっていたようでした。『何時だい？　そろそろ寝るか。今日の晩飯は何だい？　どこへ行こうか？　新聞にどんなことが書いてある？医者をよびにやらなけりゃな。マーシャが咽喉《のど》が痛いそうだ』およそ考えられぬくらい狭《せば》まったこんな会話の範囲から、毛一筋でも踏みだしさえすれば、ただちに苛立《いらだ》ちが火の手を上げるのでした。コーヒーだの、テーブルクロース、馬車、ホイストでのカードの出し方など、どちらにとっても何の重要さももつはずのないようなことが原因で、のべつ衝突や、憎しみの表現が生じたのです。少なくともわたしの心の中では、しばしば妻に対する恐ろしい憎悪《ぞうお》がたぎり返ったものです！　時には、妻がお茶をつぎ、片足をぶらぶらさせていたり、スプーンを口に持っていって、音をたてながら液体をすすったりしているのを見ていると、まるでそれがこのうえなくけしからぬ行為であるかのように、それだけで妻を憎んだこともありました。その当時は気づかなかったのですが、憎しみの時期は、われわれが愛とよんでいたものの時期に対応して、まったく規則正しく正確にわたしの内部に現われていたのです。愛の時期があれば、次には憎しみの時期がくる。愛の時期が熱烈であれば、憎しみの時期も長く、愛のあらわれが比較的淡泊であれば、憎しみの時期は短いのです。当時わたしたちにはわかっていませんでしたが、この愛と憎しみとはまったく同じ動物的感情で、ただ両極端というにすぎなかったのです。わたしたちが自分の状態を理解していたとしたら、こんな生活をつづけてゆくのは、さぞ辛《つら》かったにちがいありません。でも、わたしたちは理解していませんでしたし、それに気づいてもいませんでした。間違った生活をしていながら、自分の状態の惨《みじ》めさに気づかぬよう、自分自身をごまかしていられるという、まさにその点に、人間の救いもあれば、罰もあるのです。わたしたちのしていたことも、それでした。妻は家政の切りまわしや、家具調度の配置、自分と子供たちとの服装、子供たちの勉強や健康といった、気の張りつめる、常にあわただしい仕事で、われを忘れようと努めていました。わたしにも自分を忘れる方法はありました。役所勤めや、狩猟、カードなどで自分を忘れるのです。わたしたちはどちらも、たえずこういう仕事で忙しくしていました。忙しければ忙しいほど、お互いに相手に対して意地わるくなれるのを、どちらも感じていたのです。『お前は仏頂面《ぶっちょうづら》をするのも楽しいだろうさ』わたしは妻に対して思ったものです。『夜通し騒ぎたてて俺を悩ませたんだからな。こっちは会議なんだぜ』『あなたはいいご身分よ』妻は心に思うだけでなく、口にまでだすのです。『あたしは赤ちゃんの世話で、夜通し眠れなかったんですからね』

わたしたちはこんな生活をつづけ、たえず霧に包まれていたため、自分たちのおかれていた状態にも気づかなかったのでした。だから、もしあんな事件が起らなかったら、わたしはあのまま老境まで生き永らえて、いまわの際《きわ》にも、俺は結構な一生を送った、特別よいというわけではないが、みんなと同じような、まんざらでもない一生だった、と思ったにちがいありません。自分があがきまわっていた、不幸の深淵《しんえん》と、いまわしい虚偽とを、さとらなかったことでしょうね。

わたしたちは、一本の鎖につながれて、互いに憎み合い、相手の生活を毒し合いながら、それを見まいと努めている、二人の囚人にひとしかったのです。当時のわたしはまだ知らなかったのですが、九十九パーセントの夫婦がわたしの生きてきたような地獄の生活を送っており、それ以外の場合はありえないのですね。当時わたしはまだ、他人に関しても、自分自身に関しても、そんなことを知らなかったのです。

ふしぎなことに、まっとうな生活にも、あるいは間違った生活にさえも、何という偶然の一致があることでしょう！　ちょうど両親にとって、互いに相手が原因で生活がやりきれぬものになってくるころ、子供の教育のために都会的な環境が必要になってくるものです。こうして、都会へ引き移る必要が生ずるんですよ」

彼は口をつぐみ、二度ほど例の異様な音をさせたが、今やそれはもう、抑えた嗚咽《おえつ》にまったく似かよっていた。駅に近づきつつあった。

「何時ですか?」彼はたずねた。

わたしは時計を見た。二時だった。

「お疲れになりませんか?」彼がたずねた。

「いいえ、でもあなたはお疲れになったでしょう」

「息苦しいだけです。失礼して、少し歩いてきます。水でも飲んできましょう」

こう言うと彼は、ふらつく足どりで、車室を通りぬけていった。わたしは彼の話してくれたすべてを思い返しながら、ひとり坐《すわ》っていたが、すっかり考えこんでしまったため、反対側の戸口から彼が戻ってきたのにも気づかぬほどだった。

18

「そう、話にすっかり夢中になってしまいましたね」彼はふたたび話しはじめた。「わたしはさんざ考えぬいたあげく、多くのことを別の目で見るようになったので、何もかもお話ししたいんです。そんなわけで、都会での生活がはじまりました。不幸な人間は、都会で暮すほうが楽なんですよ。都会では人間は百年も生き永らえながら、自分がとうの昔に死んで朽ちはてたことにも気づかずにいられるんです。自分を深くかえりみている暇がないからですよ、いつも忙しすぎて。仕事だの、社交界の交際だの、健康だの、芸術だの、子供たちの健康だの、教育だのとね。あの客、この客を迎えたり、だれとだれのところへ行ったりせにゃならぬかと思えば、この女優の舞台を見たり、あの歌手や女流歌手をきく必要もあるという具合でしてね。なにしろ、都会ではいつどの瞬間にも、絶対に見のがすことのできぬスターの舞台が一つか、時には二つも三つも一遍にありますからね。あるいはまた、自分自身や、家族のだれかれが医者にかからなけりゃならぬとか、先生だの、家庭教師だの、養育係だのにも時間をとられるといった始末で、生活そのものは空疎《くうそ》な、むなしいものなんですけれどもね。まあ、わたしたちの生活もそんな調子で、夫婦の暮しからくる苦痛も以前ほどは感じないですみました。そればかりではなく、最初のうちは、新しい都会の新しい住居の整備という、すばらしい仕事がありましたし、そのうえ、都会から田舎《いなか》へ、田舎から都会への往復という仕事まであったのです。

こうして一冬をすごし、翌冬には、さらに次のような、だれにも気づかれぬ、ごく些細《ささい》なことに見えて、その実あとで起ったすべての遠因となったような出来事が生じたのでした。妻の健康がすぐれなかったため、いやらしい医者どもが妻に子供を産むことを禁じて、しかるべき手段を教えこんだのです。わたしにとってそれは、唾棄《だき》すべきことでした。わたしは断固として反対したのですが、妻が軽はずみにも我を張り通したので、ついに折れたのです。子供という、下劣な生活の最後の言い訳まで奪われて、生活はいっそういまわしいものになってしまいました。

　百姓や労働者は子供をほしがります。育ててゆくのは大変なことですけれど、子供を必要とするのです。ですから彼らの夫婦関係は言い訳をもっています。ところがわれわれ階級の人間で、すでに子供のある者にとって、子供はもう必要じゃありません。子供は余計な心配であり、出費であり、相続争いの種であって、重荷でしかないのです。ですから、われわれにとっては、下劣な生活の言い訳は何一つありゃしません。人為的に子供を作らぬようにするか、でなければ不注意の結果たる不幸として子供を見るかで、このほうはもっといまわしいことです。言い訳がないんですからね。しかし、われわれは道徳的にすっかり堕落してしまったために、言い訳の必要すら認めないほどです。現代の知識階級の大部分はいささかの良心の呵責《かしやく》もなく、こうした堕落におちいっているんですよ。

　心の痛みを感ずるようなことなんて何一つあるもんですか。なぜって、われわれの生活には、かりにこういう言い方ができるなら、世論の良心と刑法の良心というやつ以外に、いかなる良心も存在しないんですからね。しかもこの場合、そのどちらも犯されやしないんです。社会に対して恥じ入ることなんぞ何一つあるもんですか。マリヤ・パーヴロヴナだって、イワン・ザハールイチだって、だれもがやっていることなんですから。でないと、貧乏人ばかり繁殖して、社会生活の可能性をみずから失うことになるじゃありませんか？　また刑法に対して恥じ入ったり、恐れたりする必要もまったくありやしません。生れた子を池や井戸に棄《す》てたりするのは、はしたない尻軽《しりがる》娘《むすめ》や兵隊の留守女房のやることで、そういう連中はもちろん牢屋《ろうや》にぶちこまなけりゃなりませんが、われわれのほうじゃ万事タイミングよく、手をよごさずに始末してしまうのですからね。

こんなふうにして、わたしたちはさらに二年すごしました。いやらしい医者どものすすめた方法は、明らかに効果をあげはじめたようでした。妻は身体《からだ》つきもふくよかになり、夏の最後の美しさを思わせるように美しくなりました。妻は自分でもそれを感じて、化粧に憂身《うきみ》をやつすようになったのです。なにか人の心を妖《あや》しく騒がせるような、挑発的な美しさが生れましてね。精力をもてあましていらいらしている、子供を産むことのない三十女の魅力をフルに発揮していたのです。妻の姿は妖しい胸騒ぎをかきたてました。男たちの間を通ると、妻はみなの視線をひきつけるのでした。ちょうど、永いことつながれて、栄養が十分に行きわたり、はやりたつ馬が、手綱をはずされたようなものでした。われわれ社会の女性の九十九パーセントがそうであるように、まったく手綱を解かれたのです。わたしもそれを感じ、そら恐ろしい気持でした」

19

彼はふいに中腰になり、窓のすぐわきに坐り直した。

「ちょっと失礼します」彼はつぶやくと、窓外に目を注ぎ、そのまま黙って三分ほど坐っていた。やがて、重い溜息《ためいき》をつき、ふたたびわたしの向い側に坐った。その顔はまったく別人のようになり、哀れっぽい目をして、何やらほとんど異様なほどの微笑が唇《くちびる》に皺《しわ》をきざみつけていた。「ちょっと疲れましたけれど、お話ししましょう。まだ時間は十分にありますから。夜もまだ明けてきませんしね。そうです」煙草《たばこ》に火をつけて、彼はまた話しだした。「子供を作るのをやめてから、妻はふくよかになり、子供に関するたえまない苦労という例の病気も、癒《なお》りはじめました。いや、癒るというのではなく、まるで酔いからさめて、われに返り、それまで忘れていた、喜びあふれる世界があることに気づいたかのようでした。その中で生きることができずにきた、まったく理解していなかった別世界が。『なんとかして、取り逃がさないようにしなければ！　時は過ぎされば、取返しがきかないのだもの！』わたしには妻がこう考えている、というよりむしろ感じているように、思われました。また、それ以外の考え方や、感じ方はできるはずもなかったのです。なにしろ妻は、この世界で注目に値するのはただ一つ、恋愛だけだというふうに教育されてきたのですからね。わたしと結婚して、その愛からある程度のものは得たものの、約束され期待されていたものとは程遠かったばかりか、幻滅や悩みも数多く、そこへもってきて何人もの子供という思いがけぬ苦しみまで現われたのです！　この苦しみは妻をやつれさせました。ところが、お節介な医者のおかげで、子供なしでもすませることがわかった、というわけです。妻は大喜びして、それを実地に試《ため》し、自分の知っているただ一つのこと、つまり愛のためにふたたびよみがえったのでした。しかし、嫉妬《しっと》やありとあらゆる憎しみで汚《けが》された夫との愛なぞ、もはや論外だったのです。何か別の、清らかな、新しい恋愛を、妻は思い描くようになりました。少なくともわたしはそう思ったのです。こうして妻は、さながら何かを期待するかのように、周囲を見まわしはじめました。わたしはそれに気づいて、不安をいだかずにはいられませんでした。そのうちに、妻がいつものように他人を介してわたしと話しながら、つまり、ほかの人と話していながら、その言葉をわたしに向けているときなどに、つい一時間前に正反対のことを言ったのもまったく考えず、母親の苦労など欺瞞《ぎまん》だとか、若さに恵まれて生を楽しむことのできる間は、子供たちに自分の生活を捧《ささ》げるのなどもったいないだとかと、半ば真顔で、臆面《おくめん》もなく口にする機会が、のべつ見られるようになってきたのです。子供の世話をすることも少なくなり、以前のように必死に取りくむこともなく、ますます自分の容姿や外見、さらに自分では隠していたものの、自分自身の楽しみや、磨《みが》きをかけることにさえ、憂身をやつすようになりました。そして、それまでまったく放りだしていたピアノに、ふたたび熱心に取りくみはじめたのです。これがすべての発端でしたよ」

彼は疲労の色濃い目をふたたび窓に向けたが、すぐにまた、明らかに自分を抑えて、話をつづけた。

「そうなんです、そこへあの男が現われたんです」彼は口ごもり、二度ほど例の一種特別な音を鼻から発した。

その男の名をあげ、思いだし、話をするのが、彼には辛くてならぬことが、わたしにはわかった。だが、彼は努力して、まるで自分をさえぎる障害を断ち切るかのように、意を決した様子でつづけた。

「その男は、わたしの目から見れば、わたしの評価からいえば、最低の屑《くず》でしたよ。といっても、その男がわたしの人生でああいう意味をもったからではなく、本当にそういう人間だったからです。もっとも、そいつがくだらぬ男だったということは、妻がどれほど分別をなくしていたかという証拠として役立つだけですがね。その男が現われなけりゃ、ほかの男でもよかったんです、それにちがいないんですよ」彼はまた口をつぐんだ。「そう、その男は音楽家だったのです、バイオリニストでね。プロの音楽家じゃなく、セミプロで半ば社交界の人間でした。

この男の父親は地主で、わたしの父の隣人でした。それが破産して、息子が三人あったのですが、それぞれ身のふり方を定めたのです。ただ一人、末っ子だったこの男だけは、パリにいる名付親の婦人のところへあずけられましてね。音楽の才があったために、音楽学校へ入れてもらい、バイオリニストとして卒業したあと、あちこちの音楽会で演奏していたそうです。この男の人柄は……」明らかに彼はその男をわるく言いたいようだったが、自制し、早口に言った。「まあ、向うでどんな生活をしていたかは知りませんが、わかっているのはその年にロシアに戻ってきて、わたしの前に姿を現わしたってことだけです。

アーモンドのような形のうるんだ目、微笑を宿した赤い唇、チックで固めたひげ、最新流行のヘアスタイル、女たちがちょいとした二枚目ねといいそうな俗受けのする美しい顔、不格好とはいえぬまでも、まるで女性か、俗にホッテントット人みたいだといわれるような、臀部《でんぶ》のとりわけ発達した、きゃしゃな体格。そういえば、ホッテントット人もやはり音楽の才があるそうですね。だれにでも精いっぱい馴《な》れなれしく振舞おうとするくせに、勘が鋭く、ちょっとでも抵抗を感ずればいつでも踏みとどまれる態勢にあるような男で、外見上の品位を保って、ボタンのついた短靴だの、派手な色のネクタイだの、その他、パリにいた外人が身につけそうな品だのと、いかにもパリ独特の感じを漂わせていて、これがまたその独自性とものめずらしさとでいつの場合でも女たちに受けるんですね。物腰態度にもわざとらしい、うわっつらの快活さが感じられました。まるで、こんなことはあなたがただってご存じのことばかりでしょうに、せいぜい思いだして、あとはご自分で補ってくださいよ、と言わんばかりに、万事、仄《ほの》めかしと断片的な言葉で語るような態度なんですよ。

そんな男と彼の音楽とが、すべての原因だったのです。そりゃあの事件は裁判では、万事は嫉妬から生じたという形になりましたけれどね。全然そうじゃないんです。つまり、全然そうじゃないわけではなく、それもあるにはあったのですが、やはりそれだけじゃないんです。裁判では、わたしが裏切られた夫であり、汚された名誉を守るために殺した（ああいう人たちはこんな言い方をしますからね）、という結論になりました。だからこそ、わたしは無罪になったんです。裁判でわたしは事件の意味を明らかにしようと努めたのですが、あの連中は、わたしが妻の名誉を回復しようとしているると解釈しましてね。

妻とあの音楽家の関係がたとえどのようなものであろうと、そんなことはわたしにとっては無意味ですし、妻にとっても同じことです。意味をもっているのは、今まであなたにお話ししたこと、つまり、わたしの下劣さなのです。あなたにお話ししたような、あの恐ろしい深淵《しんえん》と、きっかけさえあれば危機を生むに十分な、お互いに対する憎しみの恐ろしい緊張とが夫婦の間に存したことから、すべてが生じたのです。とにかく最後のころには、夫婦喧嘩《げんか》も何か恐ろしいものになり、これがやはり張りつめた動物的な欲情に変ってゆくあたりが、とりわけ異常でした。

かりにあの男が現われなかったとしても、ほかの男が現われていたことでしょう。わたしが強調したいのは、わたしのやってきたような生き方をしている夫はみな、女遊びに走るか、夫婦別れをするか、自殺するか、さもなければわたしがやってしまったように、妻を殺すかするにきまっているということなのです。そんなことにならぬ人間がいるとしたら、それは特別まれな例外ですよ。現にわたしだって、ああいう形でけりをつけるまでに、何度も自殺の瀬戸際《せとぎわ》までいきましたし、妻も毒を飲んだことがあるのですからね」

20

「ええ、そうだったんですよ。事件の少し前にもね。

わたしたちはいわば休戦のような状態でしたし、それを乱すような原因もべつに何一つなかったのですがね。ふと、どこそこの犬が展覧会でメダルをもらったという話をわたしがすると、妻が『メダルじゃなく、賞状ですよ』と言うので、議論がはじまりましてね。問題はそれからそれへと飛火して、非難のやりとりになったんです。『そんなことくらい、とうの昔にわかっているのに、いつでもそうなんだから。あなたがおっしゃったんですよ』『いいや、言ったおぼえはないね』『それじゃ、わたしが嘘《うそ》をついてることになりますわね!』もう今すぐにも、自殺なり妻を殺すなりしたくなるような、喧嘩のはじまりそうな雲行きが感じられるんです。今すぐにもはじまる事態がわかっており、火のようにそれを恐れているので、自制したいと思いながら、憎しみが全身を捉《とら》えてしまうのです。妻も同じ、いや、いっそうひどい状態で、わたしのあらゆる言葉をわざと曲げて解釈し、違う意味をつけるんですね。妻の一言一言が毒を含んでいて、しかもわたしのいちばん痛いところを知るや、そこを突いてくるのです。争いがすすめばすすむほど、それがひどくなりましてね。わたしが『黙れ！』とか何とかどなりつけると、妻は部屋をとびだして、子供部屋に駆けこむ。わたしは最後まで存分に言って論証するために、妻を引きとめようと努め、その腕をつかむ。妻はわたしが痛い目に会わせたようなふりをして、『子供たち、お父さまがわたしをぶつのよ！』などと叫ぶ。『嘘をつくな！』とわたしがどなる。『これがはじめてってわけじゃないんだから！』とか何とか、妻もわめきたてる。子供たちがとんでくる。『見えすいた芝居はやめろ！』とわたしがどなりつけると、妻も『あなたにとっては、すべて芝居でしょうとも。あなたは人を殺そうとしながら、相手が見えすいた芝居をしているなんて言う人よ。今こそあなたって人がわかったわ。あなたはそうなることを望んでいるのね！』と、やり返すので、『ああ、せめて貴様がくたばってくれりゃな！』と、わたしも叫ぶ始末です。忘れもしませんが、こんな恐ろしい言葉にわたしは慄然《りつぜん》としたものでした。こんな乱暴な言葉を自分が口にしうるなどとは、まったく思ってもいなかったので、それがわたしの口からとびだしたのにびっくりしたのです。わたしはこの恐ろしい言葉を叫ぶと、書斎に走りこんで、腰かけ、煙草をつけました。妻が玄関ホールへ出てゆき、外出の支度をしている気配がきこえます。どこへ行くのかときいても、返事もしません。『ふん、勝手にしやがれ』わたしはつぶやいて、書斎に引き返し、また寝そべって、煙草を吸いました。どうすれば彼女に仕返しできるだろう、どうやって彼女から逃れるか、どうすればすべてを立て直して、何一つ起らなかったみたいな状態にできるだろう、というさまざまな何千という計画が頭に去来します。わたしはそれらすべてを考えながら、たてつづけに煙草をふかしていたものでした。妻から逃れて、身を隠し、アメリカにでも行こうか、とも考えました。しまいには、妻から解放されて、だれかほかの、まったく新しい、美しい女といっしょになれたら、どんなにすてきだろう、などと夢みる始末でしてね。妻から解放されるには、妻が死ぬか、離婚するかしかないので、どうやってそれを実現しようかと、頭をひねりもしました。すっかり混乱して、必要でもないことを考えているのはわかっているのですが、自分が的はずれのことを考えているのを見まいとし、そのために煙草ばかり吸うのでした。

一方、家庭の生活は進行するばかりです。養育係がやってきて『奥さまはどちらですか？　お帰りは何時ごろでしょう？』とたずねる。召使はお茶にするかどうかを、ききにくる。食堂に行けば、子供たち、特にもう分別のついている長女のリーザなどは、物問いたげになじるような目でわたしを見ます。黙々とお茶を終っても、妻はいっこうに戻ってきません。宵の内がすぎても、まだ戻りません。わたしの心の中には二つの感情が代るがわる現われます。どうせ最後には戻ってくるのに、家を留守にしたりして、わたしや子供たちを苦しめていることに対する憎しみと、妻がこのまま戻らず、自殺か何かやりはせぬかという恐怖とです。迎えに行ってもいい気持になります。でも、どこを探せばいいのでしょう？　姉のところだろうか？　しかし、ききに行くのは愚の骨頂だ。それに、あんな女は勝手にするがいい。苦しめたいなら、自分が苦しむといいんだ。でないと、まさにあいつの思う壺《つぼ》じゃないか。この次にはいっそうやりきれぬことになるんだ。でも、もし姉のところじゃなく、何かしでかすなり、あるいはすでにしでかしてしまっていたら、どうしよう？　十一時、十二時、そして一時になります。わたしは寝室になど行きません。寝室に一人で寝て、待っているなんて、愚かな話ですからね。書斎でも横にはならず、手紙を書くとか、本を読むとか、何か仕事をしていようと思うのですが、何一つ手につかないのです。書斎に一人坐《すわ》って、思い悩み、腹を立て、耳をすますばかりでした。三時、四時、妻はいっこう戻ってきません。朝方とろとろとして、目をさましても、妻の姿はないのです。

家では万事が今までどおりに流れていますが、だれもがふしぎに思い、何もかもわたしのせいだと考えて、非難がましくたずねるようにわたしを眺《なが》めるのです。一方、わたしの胸内では相変らず、妻がわたしを苦しめていることに対する憎しみと、妻の身を案ずる不安とが葛藤《かっとう》していました。

十一時ごろ、妻の姉が使者としてやってきました。『妹は今ひどい状態ですわ。いったい何てことですか!』と、いつものきまり文句です。『べつに何が起ったわけでもありませんよ』わたしは妻の性格のやりきれなさを話し、わたしが何一つしたわけでないことを語りました。

『だけど、こんなことをこのままにしておくわけにもいかないでしょうに』妻の姉が言うのです。

『すべては彼女の問題で、わたしの知ったことじゃありませんよ』わたしは言ってやりました。『こちらから歩みよったりはしませんよ。離婚というなら、離婚もいいでしょう』

妻の姉は何の得るところもなく、引き上げてゆきました。妻の姉と話しているときには、こっちから歩みよったりしないなどと強がりを言ったものの、彼女が帰ったあと、部屋を出て、おびえきった痛ましい子供たちの姿を見たとたん、もうこちらから折れようという気になってしまうのでした。それに、喜んでそうしたいところですが、どうすればいいのかわからないのです。また歩きまわって、煙草《たばこ》を吸い、昼食にはウォトカとぶどう酒をひっかけ、無意識に自分の望んでいることをやっと手に入れました。つまり自分の状態の愚かさや卑劣さを見ずにすむのです。

三時ごろ、妻が帰ってきました。わたしと顔を合わせても、何一つ言いません。わたしは、妻も気持がやわらいだものと想像して、お前がさんざ非難するものだからこっちも釣りこまれたのだ、などと言いはじめたものです。妻は相変らずきびしく、ひどく憔悴《しょうすい》した顔で、自分は話し合いをしに戻ってきたのではなく、子供たちを引き取りにきたのだ、わたしたちはいっしょに暮してはいかれない、などと言うじゃありませんか。そこでわたしも、わるいのは俺じゃない、お前のせいでついかっとなったのだ、などと言いだす始末です。妻はきびしい、勝ち誇ったような目でわたしを見つめていましたが、やがてこう言いました。

『それ以上おっしゃらないで。いずれ後悔することになりますよ』

わたしは、道化芝居はもう我慢できないと言ってやりました。すると妻は、よくきとれないことを何か叫んで、自分の部屋に走りこんでしまったのです。入るなり、錠の音がしました。鍵《かぎ》をかけてしまったのです。ドアを叩《たた》いても、返事がないので、わたしは憎しみに燃えながら、引き上げました。三十分ほどすると、リーザが涙をうかべて走りこんできました。

『どうした？　何か起ったのか？』

『ママのいらっしゃる気配がしないの』

行ってみました。力いっぱいドアを押すと、掛金のかけ方がまずかったらしく、両開きのドアが開きました。ベッドに近づいてみると、妻はスカートにハイヒールのまま、意識もなくベッドにぶざまに倒れているじゃありませんか。サイドテーブルの上に、空《から》になった阿片《あへん》の壜《びん》がのっていました。やっと正気づかせれば、またひと泣きあって、最後には仲直りです。それとて、本当の仲直りじゃありません。どちらも心の内には、お互いに以前からの憎しみをいだいており、しかも、この喧嘩によって作りだされ、それぞれ相手のせいだと考えている苦痛に対する苛立《いらだ》ちさえ、それに加わったのですからね。それでも、なんとかしてすべてにけりをつけなければならないので、生活は今までどおりに流れてゆくのでした。こんな喧嘩や、もっとひどいのが、のべつくり返されました。週に一度のこともあれば、月に一度のことも、毎日のこともありました。しかも、いつも同じことのくり返しなのです。一度なぞ、わたしはもう外国へ行くパスポートをもらったことさえありましたよ。喧嘩が二日間もつづいたものですからね。でも、そのうち、またしても中途半端《はんぱ》な釈明と和解が成立して、踏みとどまってしまったのです」

21

「ちょうどわれわれ夫婦がこんな関係になっていたときに、あの男が現われたのです。あの男はモスクワに帰ってきて――トルハチェフスキーという苗字《みようじ》でしたが――わたしのところにやってきたのです。あれは午前中でした。わたしは招き入れました。わたしたちはかつては《君、僕》の間柄だったのです。あの男は《君》と《あなた》の中間くらいの言葉づかいで、昔通りの《君、僕》の関係をつづけようと試みたのですが、わたしがいきなり《あなた》言葉でやったもので、すぐにそれに従いました。最初の一瞥《いちべつ》からあの男はひどく気に入りませんでした。しかし、奇妙なことに、何かふしぎな宿命的な力にひきずられて、わたしはあの男をしりぞけも、遠ざけもせず、むしろ反対に近づけようとしたのです。だって、冷淡な口をきいて、妻に引き合せずにそのまま別れるくらい、簡単なことはなかったはずなんですからね。ところが、そうせずに、わたしはまるでわざとのように、彼の演奏の話をはじめ、バイオリンをおやめになったと伺ったけれど、などと言ったのです。あの男は、それどころかこのごろは以前よりよけい弾《ひ》いています、と答えました。そして、わたしがかつて音楽をやったころの思い出話をはじめたのです。わたしは、自分はもう弾かないが、妻はなかなか上手だ、と言ったのです。

実にふしぎな話です！　この最初の日、あの男と会った最初の一時間のわたしの態度は、あんな事件のあったあとでなら、考えられるようなものでした。あの男に対するわたしの態度には、何か緊張したところがありました。あの男や自分の言ったあらゆる言葉や表現を、わたしは気にとめて、それらを重く考えたのです。

わたしはあの男を妻に紹介しました。さっそく、音楽の話がはじまり、やがてあの男が合奏したいという希望を申し出たのです。妻は最後のこのころはいつもそうでしたが、実にエレガントで、魅力的で、男心を騒がせるほど美しかったのです。あの男はどうやら、ひと目で妻の気に入ったようでした。それだけではなく、バイオリンを合奏する楽しみに恵まれることを、妻は喜んだのです。なにしろ妻はそれが大好きで、そのために劇場のバイオリニストを雇い入れたこともあったほどなので、妻の顔には喜びの色があらわれました。しかし、わたしを見るなり、妻はすぐにわたしの気持をさとって、その表情を変えたので、ここにお互いの欺《だま》し合いの演技がはじまったのです。わたしはとても楽しいようなふりをして、楽しそうに微笑していました。あの男は、すべての道楽者が美しい女を見るときの目で妻を眺めながら、自分に関心のあるのは話題だけという顔をしていましたが、その実、そんなものにはもうまるきり関心がなかったのです。妻は無関心なそぶりをしようと努めていましたが、馴染《なじ》み深い作り笑いをうかべたわたしの嫉妬《しっと》の表情と、あの男の好色な眼差《まなざ》しとに、明らかに、興奮しているようでした。最初に会ったときから妻の目が一種特別なかがやきを放ち、おそらくわたしの嫉妬のせいで、あの男と妻との間に、表情や眼差しや微笑の共通性をよび起す電流のようなものが通じたことに、わたしは気づきました。妻が赤くなれば、あの男も顔を赤らめ、妻がほほえめば、あの男もほほえむといった具合なのです。わたしたちは音楽や、パリや、ありとあらゆる他愛ないことについて話しました。やがてあの男は帰るために立ち上がり、こきざみにふるえる腿《もも》に帽子をあてたまま、わたしたちがどういう態度にでるかを期待するように、妻とわたしを代るがわる眺めながら、立っていました。あの一瞬を今でもおぼえているのは、ほかでもありません、あの瞬間ならわたしはあの男を招かなくともよかったのですし、そうすれば何事も起らなかったにちがいないからです。しかし、わたしはあの男と、妻とをちらと眺めました。『お前に妬《や》いてるなんて、思うなよ』心の中でわたしは妻に言いました。『君なぞを恐れてるなんて、思わんでくれ』あの男に対しては心の中でこう言い、そのうちいつか晩にでも妻と合奏するため、バイオリンを持ってきてくれるよう、招いたのでした。妻はびっくりしたようにわたしを眺め、真っ赤になると、まるでおびえたみたいに辞退しはじめ、まだそれほど上手に弾けないからと言います。妻の辞退がいっそうわたしを苛立たせたので、わたしはよけいむり強《じ》いしたのでした。あの男が持前のおどるような、小鳥さながらの歩き方で部屋を出ていくとき、左右に撫《な》でつけた黒い髪からくっきり際立《きわだ》っている生白い襟首《えりくび》や、後頭部を眺めながら味わった、あのふしぎな気持は、今でもおぼえています。あの男の存在がわたしを苦しめていたことを、わたしはひそかに認めざるをえませんでした。二度とこんなやつに会わぬようにするのも、わたしの意志一つだ、と思いました。しかし、そんなことをすれば、取りも直さず、あの男を恐れているのを認めることになります。ふん、こんな男を恐れてたまるか！　そんなことは、あまりにも屈辱的だ、わたしは心の内でそう言いました。そして、すぐに玄関ホールで、妻にきこえるのを承知のうえで、今晩にもバイオリン持参で来てくれるよう、言い張ったのです。あの男は約束して、帰りました。

その晩、あの男はバイオリン持参で来て、二人は合奏しました。しかし、合奏は永いこと調子がでませんでした。必要な楽譜がなく、手もとにあったものは、妻が準備なしには弾けなかったからです。わたしは音楽がとても好きだったので、二人の合奏に共感して、あの男の譜面台をセットしてやったり、ページをめくってやったりしました。二人はそれでもどうにか、無言歌をいくつかと、モーツァルトのソナチネを演奏し終えました。あの男の演奏はみごとなもので、音のニュアンスといわれるものが最高度にそなわっていました。それだけではなく、あの男の性格にはまったくそぐわぬ、繊細で上品な趣味が感じとれるのでした。

あの男のほうが、技倆《ぎりよう》はもちろん妻よりはるかに上なので、妻の演奏を助け、同時にいんぎんに妻の演奏をほめそやしました。あの男の態度は実に立派なものでした。妻ももっぱら音楽にだけ興味を惹《ひ》かれたように見え、実に飾りけのない自然な態度でした。一方わたしはと言えば、音楽に関心を惹かれたふりこそしていたものの、一晩じゅう、ずっと嫉妬に苦しみつづけていたのです。

あの男の目と妻の目が出会った最初の瞬間から、どちらの内にもひそんでいるけだものが、地位や世間のあらゆる条件を度外視して、『いいですか?』とたずね、『ええ、いいですとも。ぜひ』と応じたのに、わたしは気づきました。わたしにはわかったのですが、あの男はモスクワの上流夫人であるわたしの妻の内に、これほど魅力的な女性を見いだすことなどまったく予想もしていなかったので、そのことをとても喜んだのです。なぜなら、妻がすでに同意しているという点については、あの男はいささかの疑念ももたなかったからです。あとはただ、鼻もちならぬ亭主が邪魔さえしなければ、という点だけが問題だったのです。わたしが清純な人間だったら、そんなことはわからなかったでしょうが、大多数の男と同様わたしも、結婚するまでは、女をそんなふうに考えていたので、あの男の肚《はら》の内が手にとるように読みとれましてね。わたしがとりわけ苦しんだのは、妻はわたしに対して、ごく時たま惰性的な情欲で中断されるとはいえ、たえざる苛立《いらだ》ち以外のほかの感情などもち合せていないのに、あの男はエレガントな外貌《がいぼう》や新鮮さ、そして何よりも、疑う余地のない豊かな音楽の才能、合奏から生ずる親近感、感じやすい気質に音楽それも特にバイオリンによって与えられる影響、などのおかげで、妻の気に入るにちがいないばかりか、きっと少しのためらいもなしに妻を征服し、もみくちゃにし、きりきり舞いさせて、意のままに扱い、思い通りのどんな女にでも仕立ててしまうに相違ないことが、わたしには確かにわかっていたからです。わたしはそれに気づかずにいられなかったので、ひどく苦しんだのでした。しかし、それにもかかわらず、あるいは、むしろそれだからこそ、何かの力がわたしの本意に反してまで、あの男に対して特にいんぎんなばかりか、愛想のいい態度をとるようにさえ仕向けたのです。こんな男なんぞこわいものかというところを示そうとして、妻のためにやったのか、それともあの男のためにか、あるいは自分自身を欺《あざむ》くつもりで、自分のためにそんなことをしたのか、わかりませんが、とにかく最初の付合いのころからわたしは素直になれませんでした。この男を今すぐ殺してやりたいという欲望に屈せぬため、わたしは彼をちやほやせざるをえなかったのです。夜食の席ではあの男に高価なぶどう酒を振舞い、あの男の演奏をほめ、ことさら愛想のいい微笑をうかべて話をし、次の日曜日に食事をともにしてまた妻と合奏してくれるよう招いたものでした。知人のうち、音楽好きを何人か招いて、あなたの演奏をきかせてやりましょう、などと言いましてね。結局そういうことに話がきまったのです」

そしてポズドヌイシェフははげしい興奮にかられて姿勢を変え、例の一種独特な音をたてた。

「あの男がどうしてあれほどわたしに影響したのか、ふしぎでなりませんよ」明らかに冷静になろうと努力しながら、彼はふたたび話しはじめた。「それから二日目か三日目に、展覧会から帰って、玄関ホールに入るなり、突然わたしは何やら石のように重いものが心にのしかかるのを感じたのですが、それがいったい何なのか、はっきりわからないんです。とにかく、玄関ホールを通りしなに、何かあの男を思いださせるようなものを目にとめたことが、原因でした。書斎に入ってからやっと、それが何だったか明らかになったので、わたしは確かめるべく玄関ホールに引き返したのです。そうです、わたしの思い違いではありませんでした。それは、あの男のオーバーでした。最新流行のオーバーですよ（自分ではそのことを明確に理解していたわけではないのですが、あの男に関係のあるものなら何でも、わたしは並みはずれた注意深さで心にとめていたんですね)。きいてみると、案の定、あの男が来ているんです。わたしは客間を通らず、勉強部屋をぬけて、広間に向いました。娘のリーザは本に向っていましたし、乳母《うば》は赤ん坊のお守りで、テーブルのところで何かの蓋《ふた》をまわしていました。広間のドアは固く閉ざされ、奥から規則正しいアルペジオと、あの男と妻の話し声がきこえてきます。耳をすましてみたものの、ききわけられやしません。明らかにピアノの音は、二人の睦言《むつごと》や、ひょっとしたらキスの音をかきけすために、わざと鳴らされているらしい。ああ、わたしの心中にそのときわき起った感情ときたら！　あのときわたしの内に住んでいたけだものを思いだすやいなや、まったく慄然《りつぜん》とするのですよ。心臓がふいに縮まって、停止し、やがて槌《つち》で叩くようにはげしく鳴りだしました。憎しみにかられたときの常で、最大の感情は、自分に対する憐《あわ》れみでした。『子供たちのいる前で、乳母の前で！』わたしは思いました。リーザも妙な目でわたしを眺《なが》めていたところをみると、きっと、わたしは恐ろしい形相だったのでしょう。『どうすればいいだろう？』わたしは自分にたずねました。『入って行こうか？　だめだ、何をしでかすかわからないからな』しかし、立ち去るわけにもいきません。乳母がさもわたしの立場を理解しているような顔で、眺めていますしね。『そう、入らぬわけにもいかんな』わたしは自分に言うと、すばやくドアを開けました。あの男はピアノの前に坐《すわ》って、そりかえった大きな白い指でアルペジオを弾いていました。妻は開いた楽譜を前にピアノの端に立っていました。妻が最初にわたしを見つけるか、ききつけるかして、ふり返りました。びっくりしたのか、びっくりせぬふりをしたのか、それとも本当にびっくりしなかったのか、わかりませんが、とにかく妻はぎくりともしなければ、身じろぎもせず、ちょっと赤くなっただけで、それも少したってからのことです。

『よかったわ、あなたが帰っていらして。あたしたち、日曜に何を演奏するか、きめかねていたところなの』二人きりであればわたしになど用いぬような口調で、妻が言いました。そのことと、さらに妻が自分とあの男のことを《あたしたち》とよんだこととが、わたしを憤《いきどお》らせました。わたしは無言のままあの男とあいさつしたのです。あの男はわたしと握手するとさっそく、それこそ嘲笑《ちょうしょう》としか思えぬような笑みをうかべながら、日曜にそなえて準備するために楽譜を持ってきたことや、演奏曲目に関して、どちらかといえばむずかしいクラシック作品、つまりベートーベンのバイオリン・ソナタにするか、それとも小品をいくつかにするかで、二人の意見が一致しないこと、などを説明しはじめました。すべてがごく自然であっさりしているため、文句のつけどころがないのですが、同時にわたしは、こんな話はみんな嘘《うそ》だ、この二人はわたしを欺《だま》そうとしめし合せたのだ、と確信していたのです。

嫉妬《しっと》深い人間にとって（われわれの社会の生活ではだれもが嫉妬深くなりますが）、いちばんやりきれぬ人間関係の一つは、男女間の危険な、このうえない親密さを認めるような、世間の一定の条件にほかなりません。かりに舞踏会での親しさや、医者と女性患者の親しさ、芸術や音楽、そして何よりも音楽にたずさわる際の親密さなどを邪魔したりすれば、世間の笑いものになるほかありませんからね。男女二人してきわめて高尚な芸術たる音楽にたずさわることがあるものです。そのためにはある程度の親密さが必要で、その親密さはなんらやましい点をもっていないのですが、嫉妬深い愚かな夫だけがそこに何か好ましからぬものを見いだしうるのです。それにもかかわらず、周知のとおり、ほかならぬそれらの仕事、それも特に音楽を媒介にして、われわれの社会における姦通《かんつう》の大部分が起るのですからね。明らかにわたしは、自分の態度にあらわれた狼狽《ろうばい》によって、二人をどぎまぎさせたようでした。とにかくわたしは永い間、何一つ口もきけずにいたのです。わたしは逆さにした壜《びん》と同じで、水があまりいっぱい入りすぎているため、こぼれずにすんだのです。どなりちらして、あの男を追いだしたいところでしたが、またしても愛想よくちやほやせねばならぬと感じました。そして、そのとおりに振舞ったのです。わたしはすべてを是認するようなふりをし、またもや、あの男の存在がやりきれぬものであればあるほど、ますます愛想よく振舞うよう仕向ける、あの奇妙な感情に従って、あなたのご趣味を信頼するし家内にもそうすすめる、などと言ったのでした。あの男は、わたしが突然おびえたような顔つきで部屋に入るなり、黙りこんだときの不快な印象をやわらげるのに必要なだけ、しばらく腰を据えていたあと、これで明日演奏するものはきまったというふりをして、帰ってゆきました。一方わたしは、今あの二人の心を占めているものにくらべたら、何を演奏するかという問題など、二人にとってはまったくどうでもいいにちがいない、と心底から確信していたのです。

わたしは特別いんぎんに玄関ホールまであの男を送って行きました。（家族全体の平和を乱し、幸福を滅ぼす目的でやってきた男を、どうして送りださずにいられるものですか！）わたしはことさら愛想よく、あの男の白いやわらかい手を握ったのです」

22

「その日は終日、妻と口をききませんでしたし、きく気にもなれませんでした。妻がそばに来るとはげしい憎しみをかきたてられ、自分で自分がこわくなったほどです。食事のとき、妻は子供たちのいる前で、いつ旅行にでるのかをわたしにたずねました。次の週に、郡の貴族会の総会に行く用があったのです。わたしは日時を教えました。妻は旅行に必要なものがないかをたずねるのです。わたしは何も言わず、黙々と食事を終え、やはり無言のまま書斎に引きあげました。最後のころになると、特にこんなときなど、妻がわたしの部屋に来ることはたえてありませんでしたからね。わたしは書斎に横になって、腹を立てていました。突然、馴染《なじ》み深い足音がするのです。あいつもウリヤの妻（訳注　旧約聖書サムエル記下。ダビデ王は部下ウリヤの妻と通じ、ウリヤを激戦地に派遣して戦死させた。ウリヤの妻は夫の喪があけたあと、ダビデの妻になり、子供を産んだ）みたいに、すでに犯した罪を隠そうとしているのだ、だからこんな時ならぬ時間にわたしの部屋にやってくるのだ、という恐ろしい、醜悪な考えが頭にうかびましてね。『ほんとにここへ来るんだろうか？』近づいてくる足音をききながら、わたしは思いました。もしわたしの部屋へ来るのだとしたら、つまり、わたしの考えが正しいわけです。妻に対する言いあらわせぬほどの憎しみが、心の中にわき起りました。足音はどんどん近づいてきます。素通りして広間へ行くんじゃないだろうか？　ところが、そうじゃありません、ドアがギーッと開いて、背の高い美しい妻の姿が戸口にあらわれたのです。その顔にも、目にも、おずおずした、おもねるような色があらわれており、妻はそれを隠そうとしていましたが、わたしは気づきましたし、その意味もわかっていました。わたしは危うく息がとまりそうでした。それほど永い間、息を殺していたのです。そして、なおも妻を見つめつづけながら、シガレット・ケースをとって、煙草《たばこ》を吸いはじめました。

『まあ、せっかく来たのに、煙草に火をつけるなんて』こう言うと妻は、わたしの坐っているソファに腰をおろし、もたれかかるようにするのです。

わたしは妻の身体《からだ》が触れぬよう、身を引きました。

『わかっていてよ、日曜日にあたしが合奏しようと思っているのが、ご不満なのね』妻が言いました。

『ちっとも不満でなんぞないよ』わたしは答えました。

『あたしが気づかずにいると思って？』

『ほう、気づいたのなら、祝福してやるよ。僕には、お前が蓮葉《はすは》な女のような振舞いをしてるってこと以外、何もわからんがね……』

『辻《つじ》馬車屋かなんぞのように、口汚ないことをおっしゃるつもりなら、あたしは向うへ行くわ』

『行ってくれ。ただし、これだけはわきまえておけよ。お前にとっちゃ家族の名誉なんぞ大切じゃないとしても、僕にとって大切なのはお前じゃなく（お前なんぞ、どうなってもかまわんさ）、家族の名誉なんだからね』

『まあ、何ですって、何てことを？』

『出て行ってくれ、頼むから出て行ってくれよ！』

何の話かわからぬふりをしたのか、それとも本当にわからなかったのか、とにかく妻は侮辱を感じて、いきりたちました。妻は立ち上がりはしたものの、出て行こうとせず、部屋の真ん中に立ちどまったのです。

『あなたって、ほんとにやりきれない人ね』妻は切りだしました。『天使だっていっしょにはやっていけないような性格だわ』そして例によって、できるだけ痛い傷を負わせようと努めながら、姉に対するわたしの仕打ちを引合いにだすのです（これは、いつぞやわたしがかっとなったはずみに、自分の姉にさんざ乱暴な口をきいたときの一件なのです。そのことをわたしが苦にしているのを妻は知っていたので、その弱みを突いたのでした）。『あれ以来、あなたが何をなさっても、おどろかなくなりましたわ』妻は言いました。

『なるほど、さんざ侮辱し、卑《いや》しめ、恥をかかせて、また俺《おれ》を悪者にする気だな』わたしは心の内で言いました。と、ふいに、いまだかつて味わったことのないくらい、恐ろしい憎しみにかられたのです。

はじめてこの憎しみを身体で表現したくなりました。わたしははね起きて、妻につめよりました。しかし、はね起きた瞬間、忘れもしませんが、わたしは自分の憎しみを意識し、こんな感情に身をゆだねていいのだろうかと自問して、すぐに、かまうもんか、これでこいつも震えあがるだろうと自答するや、さっそくその憎しみに逆らう代りに、かえってこれを煽《あお》りたて、心の内でますますはげしく憎しみが燃えさかるのを嬉《うれ》しく思ったのでした。

『出て行け、さもないとぶち殺すぞ！』妻につめより、腕をつかんで、わたしはどなりました。それを言う際にも、意識的に声の憎しみの調子を強めたものです。それに、きっと、わたしはすごい剣幕だったにちがいありません。なぜなら、妻はすっかりおびえて、逃げだす気力さえなく、こう言うのがやっとだったからです。

『ワーシャ、どうしたの、どうなさったの？』

『出て行け！』いっそう大声でわたしはわめきたてました。『俺をこうまで怒らせるのは、貴様だけだぞ！　俺は自分のすることに責任をもたんからな！』

憤りにはけ口を与えて、それに酔うと、わたしはさらに何か、極度のこの憤りを示すような、度はずれなことをやってのけたくなりました。妻を叩《たた》きのめし、ぶち殺したくてなりませんでしたが、それができぬことはわかっていたので、とにかく憤りにはけ口を与えるため、テーブルの上から文鎮をひっつかんで、もう一度『出て行け！』と叫ぶなり、妻のわきの床に叩きつけたのです。すれすれのところに、実にうまく狙《ねら》いをつけたのでした。これを見て妻は部屋をとびだそうとしたのですが、戸口に立ちどまりました。そこで、妻の目にまだ入るうちに（妻に見せるために、こんなことをやってのけたのですからね）、わたしはテーブルの上のいろいろな品物や、蠟《ろう》燭《そく》立て、インク壜などをひっつかんでは、床に叩きつけ、わめきつづけたものです。

『出て行け！　失《う》せやがれ！　俺は自分のすることに責任なんぞもたないぞ！』

妻が逃げ去ったので、わたしもすぐにやめました。

一時間ほどすると、乳母がやってきて、妻がヒステリーを起しているると言うのです。行ってみると、妻は泣いたり、笑ったりして、何一つ言うことができず、全身を痙攣《けいれん》させています。仮病ではなく、本当に病気だったのです。

朝までには妻の気分も静まったので、わたしたちは愛とよんでいた感情に支配されて仲直りしました。

朝、仲直りのあとでわたしが、トルハチェフスキーに嫉妬していたことを白状したとき、妻は少しもうろたえず、ごく自然な態度で笑いだしたものです。妻に言わせると、あんな男に心を惹《ひ》かれる可能性など、ふしぎな気さえするというのです。

『ちゃんとした女性があんな男に対して、音楽のもたらす喜び以外に何かの気持をいだくなんてことがあるかしら？　でも、なんでしたら、あたしは二度とあの人に会わなくてもかまわないのよ。日曜日だって、そりゃみなさんをお招きしてはあるけれど。あたしが病気だからと一筆書いてくだされば、それですむんですもの。ただ、あの人が危険な存在だなんて、だれかが、何より当の本人が思うかもしれないってことだけは不愉快だけれど。あたしはプライドが高すぎるから、そんな勘ぐりは許しておけないの』

妻は嘘《うそ》をついたわけではなく、自分の言葉を信じていたのです。この言葉によって、あの男に対する軽蔑《けいべつ》を心の中によび起し、それによって彼から身を守ろうと期待したのに、それがうまくいかなかったのです。すべてが、そして特にあの呪《のろ》わしい音楽が、妻の意に反するよう仕向けられていたのでした。こうして万事は落着し、日曜には客が集まって、二人してまた合奏をしたのです」

23

「わたしがひどく見栄《みえ》っ張りだったことは、言うまでもないと思います。われわれの日常生活で見栄っ張りでなかったら、生きがいがありませんからね。さて、いよいよ日曜日、わたしは趣向をこらして夕食会と音楽の夕べのお膳《ぜん》立《だ》てに取りくみました。夕食会の品をみずから買いこみ、お客を招いたのです。

六時までには客の顔もそろい、あの男も燕尾服《えんびふく》に悪趣味なダイヤのカフス・ボタンなぞをつけて現われました。くだけた態度で、何をきかれても、そうですとも、よくわかりますと言いたげな微笑をうかべながら、まるでこっちの言うこと、なすことがすべて、まさに期待していたとおりだとでも言わんばかりの、あの一種独特な表情をうかべて、急いで答えるのです。今やわたしは一種特別な満足をおぼえながら、あの男のやくざな点をすべて心にとめていました。なぜなら、わたしの妻にとってあの男なぞ、妻でさえそこまで堕《お》ちることはできぬとまで言いきった最低のレベルの人間であることを、そうしたすべての点が証明し、わたしを安心させてくれるにちがいなかったからです。わたしも今ではもう、妬《や》いたりするようなことはしませんでした。第一、その苦しみはすでになめつくしていましたし、一息つかねばならなかったからです。第二に、わたしとて妻の断言を信じたい気持でしたし、また信じもしたのです。しかし、嫉妬しなかったにもかかわらず、食事の間と、そして音楽がはじまるまでの夜会の前半、やはり、あの男と妻に対して自然な態度はとれませんでしたね。相変らず二人の動作や眼差《まなざ》しをうかがいつづけていたものです。

夕食会は型通りの、偽善的な退屈なものでした。かなり早めに音楽がはじまりました。ああ、あの晩のこまごました点まで、わたしは実によくおぼえています。あの男がバイオリンをとってきて、ケースを開け、さる貴婦人に刺繍《ししゆう》してもらったというカバーをはずして、とりだし、弦の調子を合わせはじめたのを、わたしはおぼえています。また、妻がさりげない平然とした態度で――そんな態度の下に大変な気おくれを隠しているのが、わたしにはわかりました。それは主として自分の技倆《ぎりよう》に対する気おくれなのです――とにかく、さりげない態度でピアノの前に腰をおろし、お定まりのラ音をピアノで叩き、バイオリンがピチカットで音を合わせ、楽譜の設置がはじまったのを、おぼえています。さらに、二人が互いにちらと目を合わせ、席についた客たちをふり返ったあと、何やら言葉を交わし、演奏がはじまったのも、おぼえています。彼が最初の和音をだしました。あの男はきまじめな、厳粛な、感じのよい顔になり、自分の音色に耳を傾けながら、慎重な指で弦を押え、ピアノがそれに応じました。こうして演奏がはじまったのです……」

彼は言葉を切り、何度かたてつづけに例の音をたてた。話しだそうとして、鼻を鳴らし、また言葉を切った。

「二人はベートーベンのクロイツェル・ソナタを演奏したのです。あの最初のプレストをご存じですか？　ご存じでしょう?!」彼は叫んだ。「ああ！……あのソナタは恐ろしい作品ですね。それもまさにあの導入部が。概して音楽ってのは恐ろしいものですよ。あれは何なのでしょう？　わたしにはわからないんです。音楽とはいったい何なのでしょう？　音楽がどんな作用をすると思いますか？　なぜ、ああいう作用をするんでしょうね？　音楽は魂を高める作用をするなんて言われてますが、あれはでたらめです、嘘ですよ！　たしかに音楽は効果を発揮します、恐ろしい効果を発揮するものです。わたしは自分自身のことを言っているのですがね。しかし、魂を高めるなんてものじゃ全然ありませんよ。魂を高めも低めもせず、魂を苛立《いらだ》たせる作用があるだけです。どう言ったらいいでしょうね？　音楽は自分自身を、自分の真の状態を忘れさせ、自分のではない何か別の状態へ運び去ってくれるのです。音楽の影響で、実際には感じていないことを感じ、理解できないことを理解し、できないこともできるような気がするんですよ。わたしはこれを、音楽があくびや笑いのような作用をするというふうに、説明づけているんですがね。つまり、眠くもないのに、人があくびをするのを見ると、こっちまであくびをしたり、べつにおかしいこともないのに、人の笑い声をきいていると、自分も笑いだしたりするでしょう。

この音楽ってやつは、それを作った人間のひたっていた心境に、じかにすぐわたしを運んでくれるんですよ。その人間と魂が融《と》け合い、その人間といっしょに一つの心境から別の心境へ移ってゆくのですが、なぜそうしているのかは、自分でもわからないのです。たとえばこのクロイツェル・ソナタにしても、それを作ったベートーベンは、なぜ自分がそういう心境にあったかを知っていたわけですし、その心境が彼を一定の行為にかりたてたのですから、彼にとってはその心境が意味をもっていたわけですが、こっちにとっては何の意味もないんですよ。ですから音楽は人を苛立たせるだけで、決着はつけてくれないんです。そりゃ、勇壮なマーチが演奏されて、兵隊がそのマーチに合わせて行進すれば、音楽は効果をあげたことになります。ダンス音楽を演奏して、わたしが踊っても、音楽は効果をあげたことになるし、ミサ曲がうたわれる中でわたしが聖餐礼《せいさんれい》を受けた場合でも、やはり音楽が効果をあげたわけですが、さもないかぎり、苛立たしさをかきたてるだけで、しかも苛立たしさにかられながら、なすべきことがないんですからね。だからこそ音楽は時によると実に恐ろしい、実に不気味な作用を及ぼすのです。中国では音楽は国家的な事業とされていますね。これもまた当然ですよ。希望者はだれでもお互い同士、あるいは大勢の人間を催眠術にかけたあげく、それらの人間に好き勝手な振舞いをするなんてことが、はたして認められていいものでしょうか？　しかもいちばん問題なのは、堕落しきった最低の背徳漢でも、その催眠術師になれるって点なのです。

ところが、この恐ろしい手段が、相手かまわずだれの手にも入るんです。たとえば、あのクロイツェル・ソナタの導入部のプレストにしても、ですよ。いったい、肌《はだ》もあらわなデコルテ・ドレスを着た婦人たちの間で、客間で、あんなプレストを演奏していいもんでしょうか？　演奏が終れば拍手して、そのあとアイスクリームを食べながら、最近の世間話にふけるなんて。ああいう作品を演奏してよいのは、一定の、重要な、有意義な状況の下に限られるので、それも、その音楽にふさわしいような一定の重要な行為をなしとげることが要求される場合だけです。その音楽によってムードをかきたてられたことを演じ、実行するというわけですよ。さもないと、時と場所にも似合わずにかきたてられたエネルギーや情感が、なんらはけ口を見いだせぬまま、破滅的な作用を及ぼさずにはいませんからね。少なくともわたしに対しては、あの作品は恐ろしく効き目がありました。気のせいか、まるでそれまで知らなかった、まったく新しい情感や、新しい可能性がひらけたかのようでした。ああ、こうでなければいけないんだ、これまで自分が考えたり生活してきたやり方とはまったく違って、まさにこうでなければいけないんだ、と心の中で告げる声があるかのようでした。わたしがつきとめたこの新しいものが、いったい何だったのか、はっきりさせることはできませんでしたけれど、この新しい状態の自覚はきわめて喜ばしいものでした。妻もあの男もふくめて、相も変らぬ同じ人々が、まったく別の光に照らされて見えてきたのです。

このプレストのあと、二人は通俗なバリエイションをつけた、美しくこそありますが月並みで新味のないアンダンテと、まるきり迫力のないフィナーレを奏し終えました。それから、客たちのアンコールにこたえて、エルンスト(訳注　一八一四—一八六八。ドイツの作曲家)のエレジーと、さらにいくつか、さまざまな小品を演奏しました。それらはどれも立派なものでしたけれど、最初の一曲がもたらした感銘の百分の一も、わたしは受けませんでしたよ。それらはすべて、最初の曲のもたらした感銘を背景として、演奏されたのですからね。わたしは夜会の間、終始、心が軽やかで快活でした。その晩のような妻の姿を、わたしはかつて見たことがなかったのです。演奏している間の、あの光りかがやく目や、端正さ、表情の厳粛さ、そして演奏し終ったあとの、何か身も心もすっかり溶けてしまったような風情《ふぜい》や、かよわい、いじらしい、幸せそうな微笑。わたしはそれらすべてを目にしました。しかし、妻もわたしと同じ気持を味わっているのだ、わたしと同じものが啓示され、まるでついぞ味わったことのない新しい情感が思い起されたような気持になっているのだ、ということ以外、そこに何ら別の意味を付さなかったのです。夜会は無事に終り、客たちも引きあげました。

二日後にわたしが貴族会の総会へ出かけることを知っているので、トルハチェフスキーは別れしなに、このつぎ上京したら今夜のような喜びを再現したいものだと言いました。その言葉から、わたしの留守中に出入りしてもいいとは、あの男も思っていないことが推しはかれたので、わたしは好もしく思ったものです。つまり、あの男の出発前にわたしは帰ってこないため、もう顔を合わせなくともすむことが、わかったからです。

わたしははじめて心からの喜びをこめてあの男と握手し、いい音楽をきかせてもらったことを感謝しました。あの男は妻とも最後の別れのあいさつを交わしました。二人の別れのあいさつはごく自然で、作法にかなったものに思われたのです。すべて結構ずくめでした。わたしと妻とはどちらも夜会にとても満足していたのです」

24

「二日後、わたしはこのうえなく快適な、落ちついた気分で妻に別れを告げ、郡部に旅立ちました。郡に行くといつも仕事が山積していますし、まったく特殊な生活、特殊な小世界があるのです。二日間というもの、わたしは十時間ずつ会議ですごしました。その翌日、会議に出席中のわたしに、妻からの手紙が届けられたのです。その場で目を通しました。妻は子供たちのこと、伯父《おじ》のこと、乳母《うば》のこと、買物のことなどを知らせてよこしたのですが、その中で、ごくありきたりのことを報ずるように、トルハチェフスキーが立ち寄って約束の楽譜を届けてくれ、また合奏を約束しようとしたが、断わったと、書いているのです。あの男が楽譜を届ける約束をしたことなど、わたしの記憶にはありませんし、あの晩すっかり別れを告げたとばかり思っていたので、この知らせは不快なショックでした。しかし、仕事がたくさんあるので、考えている暇もなく、その晩、宿舎に帰ってからやっと、手紙を読み返してみました。トルハチェフスキーがわたしの留守中にまた訪ねてきたというだけではなく、手紙の全体の調子が不自然なものに思えました。怒り狂った嫉妬《しっと》のけだものが檻《おり》の中で吠《ほ》えはじめ、とびでようとしていましたが、わたしはこのけだものを恐れていたので、急いで檻の戸を固く閉ざしたものです。『実にいやな感情だな、この嫉妬ってやつは！』わたしは自分自身に言いました。『妻の書いてよこしてきたこと以上に、自然なものがありうるというのか？』

そしてわたしは寝床に入り、明日に予定されているいくつかの問題を考えはじめました。不馴《ふな》れな土地でのこうした会議のときにはいつも、永いこと寝つかれないのですが、このときはいたって早く眠りに落ちました。ところが、ご存じのように、よくある例で、ふいに電流が走ったような感じで、目をさましてしまうのです。わたしはそんなふうにして目をさまし、目をさましては妻のことや、妻に対するわたしの肉体的な愛、トルハチェフスキーのこと、妻とあの男の仲はすっかりできてしまっているということ、などを考えました。恐ろしさと憎しみとに、心がしめつけられましてね。それでも、自分に説ききかせようとしたものです。『そんなばかな』わたしは自分の心に言いました。『何の根拠もないじゃないか。何事もありゃしないし、これまでにもあるものか。そんなおぞましいことを想像したりして、よくも自分自身と妻とをここまで卑《いや》しめられるもんだ。相手は何やらお抱《かか》えのバイオリン弾《ひ》きみたいなもので、やくざな男で通ってるような人間じゃないか、それなのに突然、立派な女性が、尊敬されている一家の主婦が、このわたしの妻がよろめくなんて！　ばかばかしい！』一方ではこんなふうに思われました。ところが、その一方、『どうしてありえないんだ？』という気がするのです。『きわめて単純な、わかりきったことが起らぬはずはない。わたしだって、それが目当てで妻と結婚し、そのために妻といっしょに生活してきたんだし、妻に求めるのはそのことだけなのだから、ほかの男たちやあの音楽家だって、求めるものはあのことにきまっている。あいつは独身で、健康だ（あの男がチキンカツの軟骨をばりばり噛《か》みくだき、赤い唇《くちびる》でワインのコップをなめまわしていたのを、今でもおぼえていますよ）。でっぷり太って、血色がよく、主義をもたぬどころか、明らかに、据《す》え膳《ぜん》は喜んで頂くという主義の持主らしい。おまけにあの二人の間には、音楽という、このうえなく念入りな肉欲の結びつきがあるし。あの男を抑えうるものなどあるだろうか？　何もありゃしない。反対に、何もかもがあの男を惹《ひ》きよせるのだ。じゃ、妻のほうは？　妻はどういう女だろう？　これまでと同様、今でもあの女は謎《なぞ》だ。わたしはあの女を知っていやしない。知っているのは、動物としてだけだ。動物なら何一つ抑制できないし、するはずもないからな』

そのときになってやっとわたしは、あの晩、クロイツェル・ソナタのあとで何か情熱的な小品を演奏し終ったときの、あの二人の顔を思いだしたのです。あれはだれの作品かおぼえていませんが、淫《みだ》らなほど官能的な作品でした。『よく旅行になんかでてこられたもんだな?』二人の顔を思い起しながら、わたしは心の中で言いました。『あの晩、二人の間ですべてが成就《じょうじゅ》したことくらい、はっきりしていただろうに?すでにあの晩、二人の間に何の障壁もなくなっていただけではなく、どちらも、特に妻が、二人の間にそんなことのあったあとだけに、一種の羞恥《しゅうち》すら味わっていたことが、わからなかったというのか?』忘れもしませんが、わたしがピアノのそばに歩みよったとき、妻は赤く上気した顔の汗をぬぐいながら、かよわい、いじらしい、幸せそうな微笑をうかべていたものでした。あの二人はすでにあのとき、お互いに相手を見るのを避けていましたし、夜食の席であの男が妻に水をついでやったときにはじめて、ちらと顔を見合せて、かすかにほほえんだのでした。わたしは今ごろになって、自分の気づいた、かすかにわかる程度の微笑を秘めたあの眼差《まなざ》しを思いだし、慄然《りつぜん》としました。『そうだ、すっかりできたんだ』と一つの声が告げ、すぐに別の声がまるきり違うことをささやくのです。『お前はどうかしてるんだ、そんなことはありえないよ』別のその声はこう言うのでした。暗い中に寝ているのが不気味になったので、マッチをすったところ、黄色い壁紙を張った小さな部屋にいるのが、なんとなく恐ろしくなりましてね。煙草《たばこ》に火をつけると、解きがたい矛盾の間を堂々めぐりしながら煙草を吸うときの常で、頭がぼんやりして矛盾に気づかなくなるようにするため、たてつづけに何本もふかしたものでした。

夜通しまんじりともせず、朝の五時になると、これ以上こんな緊張にとどまってはいられない、今すぐ帰ろうと決心して、起きだし、世話をしてくれていた守衛を起して、馬車をよびにやりました。会議には、急用でモスクワへよび戻されたという走り書をとどけましてね。さらに、わたしの代りを会のメンバーが勤めてくれるよう、頼んだのです。八時には馬車にのって、出発したのです」

25

車掌が入ってきて、わたしたちの席の蠟燭《ろうそく》が燃えつきかけているのに気づくと、新しいのに取り換えたりせず、吹き消した。外が白みはじめていたからだった。ポズドヌイシェフは、車掌が車室にいる間ずっと、苦しげな呼吸をしながら、黙っていた。車掌が出て行ってから、やっと話をつづけたが、仄暗《ほのぐら》い車内には、走っている列車のガラスの揺れるひびきと、番頭の安らかないびきが、きこえるだけだった。夜明けの薄明りの中では、彼の顔はもはやまったく見えず、ますます興奮の度を強めるばかりの、苦悩のにじむ声がきこえるだけだった。

「馬車で四十キロ近く行き、さらに鉄道で八時間もあるのです。馬車の旅は快適でした。太陽が明るくかがやく、寒気のきびしい秋の時候でしてね。ご承知のように、この時候には、なめらかな道の上に馬車のタイヤの跡がくっきり印されるんですよ。道は平らだし、陽《ひ》ざしは明るく、大気はすがすがしいものでした。馬車の旅はすてきでしたよ。夜が明けて出発したとき、わたしの心はだいぶ軽くなっていました。馬や、野や、行き交う人たちを眺《なが》めているうちに、これからどこへ行こうとしているのかを忘れてゆきましたよ。時おりは、ただなんとなく馬車を走らせているだけで、動機などべつにない、あんなことは何一つ起らなかったのだ、という気がしたほどです。そんなふうに忘我の境地にいるのが、とりわけ嬉《うれ》しかったのです。これから行くところを思いだすと、自分にこう言いきかせましてね。『いずれわかることだ、考えたってはじまらんさ』そのうえ、半分ほど来たところで、ちょっとした出来事が起って、それがわたしを足どめさせ、いっそう気をまぎらせてくれたのです。つまり、馬車が故障して、修理しなければならなくなったのです。この馬車の故障は、そのおかげでわたしが急行列車に乗り遅れ、普通列車で行かねばならなくなったため、モスクワ到着が予定していた夕方五時ではなく、十二時になり、家についたときは夜中の一時近くなったという点で、重大な意味をもっていたのでした。荷馬車に引っぱってもらったことや、修理、支払い、宿屋でのお茶、宿の親父《おやじ》との雑談など、これらすべてがいっしたのですが、夜ふけの旅は昼間よりいっそうすてきでした。薄暗くなったころに準備も整ったので、また出発そう気晴らしになってくれました。新月でしたし、かすかな寒気、それにすばらしい道、馬、快活な馭者《ぎょしゃ》。わたしは馬車にゆられながら、旅を楽しみ、何が自分を待ち受けているかということなど、ほとんど全然考えようとしませんでした。というより、何が待ち受けているかを知っていたからこそ、特に旅を楽しみ、人生の喜びに別れを告げていたのです。しかし、この安らかな心境や、自分の感情を殺す力も、馬車の旅とともに終りました。列車に乗ったとたん、まるきり別の心境になったのです。この八時間の汽車の旅は、わたしにとって、一生忘れられぬような、何か恐ろしいものでした。車室に坐《すわ》るなり、すでに家についた自分の姿をありありと想像したためか、それとも鉄道が人々に興奮するような作用を及ぼすためか、とにかく車室に坐ったときから、わたしはもはや自分の想像を制御できなくなったのです。わたしの想像は休みなく、嫉妬を煽《あお》りたてるようなさまざまの情景を、それからそれへと、ますます卑猥《ひわい》の度を強めながら、並みはずれたどぎつさで描きだしはじめ、それがすべて、留守中にわが家で起ったことや、妻が不貞をはたらく情景ばかりなのです。それらの情景を見つめながら、わたしは憤《いきどお》りと、憎しみと、自分の屈辱に酔うような一種特別な感情とに心を燃やしていました。そんな情景を見ないでいることもできなければ、それらを拭《ぬぐ》い消すことも、描きださずにいることもできませんでした。それればかりでなく、想像上のそうした場面を眺めれば眺めるほど、ますます強くその現実性を信じたのです。そうした情景の描きだされるどぎつさが、わたしの想像することが現実であるという証拠として役立つかのようでした。悪魔か何かが、わたしの意志に反して、このうえなく恐ろしい考えを思いついたり、耳打ちしたりするみたいでした。ずっと以前トルハチェフスキーの兄と交わした会話がふと思いだされ、わたしはそれをトルハチェフスキーとわたしの妻にあてはめて考え、一種の喜びすら感じながら、自分の心をずたずたにしたのです。

あれはずっと以前のことだったのですが、わたしは思いだしたのです。忘れもしませんが、あるときトルハチェフスキーの兄が、売春宿によく行くかという質問に答えて、良家の女をいつだって見つけられるというのに、あんな病気をもらうおそれのある、そのうえ不潔で汚《けが》らわしいところになぞ良家の男は足を向けたりしない、と答えたものです。そして、まさにその弟がわたしの妻を見つけたというわけです。『たしかに、この女はもう青春って年じゃないし、横の歯も一本欠けてるし、いくらかぽてしちゃいるけど』わたしはあの男の身になって考えました。『しかし、仕方がある まい、手近なもので間に合わせなけりゃな』『そうなんだ、俺《おれ》の女房を情婦にするのを、あの男は恩に着せてやがるんだ』わたしは自分に言いました。『おまけに安全だしな』『いや、そんなことがあるはずはない！　俺は何てことを考えるんだ！』ぎょっとして、わたしは自分に言うのでした。『そんな類《たぐ》いのことは何一つ、何もありゃしないさ。それに類したことを想像するような根拠さえ、何一つないじゃないか。あんな男に嫉妬するなんて、考えるだけで屈辱的だと、妻が言ったじゃないか。そう、しかしあの女は嘘《うそ》つきだ、のべつ嘘ばかりつくからな！』わたしは叫び、またしても最初からやり直しです……われわれの車室に乗客は二人だけで、どちらも非常に無口な老人夫婦でしたが、その夫婦もある駅でおりてしまい、わたしは一人きりになりました。わたしは檻《おり》の中の野獣さながらでした。ふいに立ち上がって窓のところへ行ってみたり、列車を急《せ》きたてようと努めて、ふらつく足で歩きはじめたり、という具合でしてね。ところで、あの列車は座席といい、窓といい、すべて今わたしたちの乗っているこの列車と同じように、震動していましたよ……」

こう言うと、ポズドヌイシェフはふいに立って、何歩か歩き、ふたたび坐った。

「ああ、こわいですね。わたしは汽車がとてもこわいんです。恐怖のとりこになってしまうんですよ。ええ、恐ろしいですね！」彼は話をつづけた。「で、わたしは自分に言いきかせたのです。『ほかのことを考えよう。そう、さっきお茶を飲んだ宿屋の親父のことでも考えるか』そして想像の眼瞼《まぶた》に、長い顎《あご》ひげをたくわえた宿屋の親父と、その孫とがうかんできます——うちのワーシャと同い年の孫。うちのワーシャ！　あの子は、自分の母に音楽家がキスしているところを、見てしまうにちがいない。あの子のかわいそうな心に、どんなことが起るだろう？　それなのに、あの女はそんなことなど意に介さないのだ！　あの女が愛してるのは……こうしてまた同じことがもちあがるのです。いけない、これじゃだめだ……よし、病院の視察のことでも考えるか。そうだ、きのう患者が医者への苦情を言っていたっけ。あの医者め、トルハチェフスキーと同じような口ひげを生やしてたっけな。それにしても、あの男はなんてぬけぬけと……モスクワを離れるなんて言いやがって、二人して俺を欺《だま》しにかかったんだ。こうして、またぞろ同じことがはじまってしまうのです。考えることがすべて、あの男に結びついてしまうのです。ひどく苦しみました。事態がはっきりせぬことや、疑惑、自己分裂、妻を愛すべきか憎むべきかわからぬこと、などが最大の苦しみでした。この苦しみがあまりはげしかったため、今でもおぼえていますが、いっそ線路におりて、レールに身を横たえ、列車に轢《ひ》かれてけりをつけようかという考えがうかんで、それがひどく気に入ったものです。そうすれば、少なくとも、それ以上迷ったり疑ったりしなくてすむのですからね。ただ一つそれを実行するのを妨げたものは、自分への憐《あわ》れみで、これはただちに妻への憎しみをじかによび起しました。あの男に対しては、自分の屈辱とあの男の勝利とに対する意識や、憎しみの入りまじった、一種異様な気持をおぼえましたが、妻に対しては恐ろしい憎悪《ぞうお》があるだけでした。『自分を始末して、あの女をそのままにしておくって法はない。あの女だってせめて多少なりと苦しんで、俺が苦しみ悩んだのをわからせてやらなけりゃ』わたしは自分にこう言いました。気をまぎらせるため、駅につくたびに出てみました。ある駅のビュッフェで、酒を飲んでいるのを見たので、すぐさま自分もウォトカを干しました。隣りに立っていたのはユダヤ人で、やはり飲んでいました。その男がしきりに話しかけてくるので、わたしも自分の車室に一人ぼっちでいたくないばかりに、その男について、煙草の煙のたちこめている、ヒマワリの種の皮の吐きちらされた、薄汚ない三等車に行ったものです。三等車に並んで坐ると、ユダヤ人は何やらしきりに話して、エロ話をいくつもするのです。わたしは話をきいてはいたものの、自分の問題を考えつづけていたため、何を話しているのか理解できませんでした。相手もそれに気づいて、もっと注意をうながしはじめたのです。そこでわたしは席を立って、また自分の車室に戻りました。『よく考えてみなけりゃ』わたしは自分に言いました。『俺の考えていることは、本当だろうか。俺の苦しみには根拠があるんだろうか』わたしは冷静に考えようと望んで坐ったのですが、冷静な思考どころか、すぐにまた同じことがはじまったのです。判断の代りに、さまざまな情景と妄想《もうそう》ばかりうかぶのでした。『今までに何度こんなふうに苦しんできたことか』わたしは心の中で言い、過去のこうした嫉妬《しっと》の発作を思い起してみました。『そして、いつもあとでは何事もなく終ってきたじゃないか。ひょっとすると、今度だってそれと同じかもしれない、いや、きっと、すやすや眠っている妻を見いだすにちがいないんだ。妻は目をさまして、俺の帰宅を喜び、その言葉や眼差しによって俺は、何事も起らなかったこと、何もかもばかげた想像にすぎなかったことを感ずるのさ。ああ、そうだったらどんなにすてきだろう！』『いや、そうはいかない、そういうことが今まであまりにもちょいちょいありすぎたからな、今やもうそんなことはあるもんか』と、何かの声が告げ、またしてもはじまるのです！　そう、そこに刑罰もまた存在したのです！　若い男の欲望を女から引き離すには、わたしなら梅毒の病院へ見学に連れていったりせずに、わたしの心の中をのぞかせ、心をずたずたに引き裂いた悪魔たちを眺めさせてやりたいですね！　とにかく恐ろしいのは、わたしが、まるで妻の身体《からだ》がわたしのものででもあるかのように、妻の身体を支配する完全な、疑う余地のない権利を自分に認めていながら、同時に、その身体を支配することはできない、それはわたしのものではないのだし、妻が自分の好きなように扱えるのだ、しかも妻はわたしの望むのとは違うふうに扱おうとしている、と感じたことだったのです。しかもわたしは、あの男にも、妻にも何一つ手出しできないのですからね。あの男は、絞首台《こうしゅだい》の前に立った鍵番《かぎばん》のワーニカ気どりで（訳注　数多い民謡の人物。主人の妻あるいは娘と通じ、その関係を得意げに吹聴《ふいちょう》する）、甘い唇《くちびる》にキスをしたなんて小唄《こうた》を、うたうことでしょう。あの男が勝ったのですからね。また、妻に対して何かしてやることも、いっそうむずかしい。かりに妻が実際にやってはいないけれど、そう望んでおり、妻のそんな気持をわたしが知っているとしたら、いっそう困ったものです。それくらいならいっそ、わたしにわかるように、曖昧《あいまい》なところがなくなるように、実際にやってくれたほうが、まだましですよ。わたしは自分が何を望んでいるのか、言えなかったにちがいありません。わたしは、妻が当然望むはずのものを、望んでほしくなかったのです。これはまさに完全な狂気の沙汰《さた》ですよ！」

26

「終着駅の一つ手前で車掌が切符を集めにきたとき、わたしは荷物をまとめて、デッキに出ました。いよいよ解決は間近だという意識がわたしの興奮をいっそう強めたものです。寒けがし、歯が音をたてるほど下顎《したあご》がふるえだしましてね。群集といっしょに機械的に駅を出ると、辻《つじ》馬車をひろって、乗りこみ、走らせたのです。まばらな通行人や、屋敷の門番、街燈《がいとう》とわたしの馬車が前にうしろに投げる影を眺めながら、わたしは何も考えずに、乗っていました。五百メートルほど走ったころ、足もとが寒くなってきたので、わたしは、毛糸の靴下を汽車の中でぬいでボストン・バッグにしまったことを、ふと思いついたのです、あのバッグはどこだろう？　ここにあるかな？　たしかにあります。じゃ、バスケットはどこだろう？　わたしは、手荷物のことをすっかり忘れていたのに思いいたりました。しかし、思いだして、預かり証をとりだしてはみたものの、それを取りに引き返すほどのことはないと心を決め、そのまま馬車を走らせたのでした。

今どんなに思いだそうと努めても、あのときの精神状態はどうしても思いだせませんね。何を考えていたのか、何を望んでいたのか、まるきりわからないんです。おぼえているのは、わたしの人生に何か恐ろしい、きわめて重大なことが起りかけているという意識があったことだけです。そう思っていたから、あの重大なことが起ったのか、それとも予感していたからなのか、それもわかりません。ことによると、あんな事件の起ったあとで、それに先立つあらゆる瞬間がわたしの記憶の中で暗い陰影をおびた、ということかもしれませんね。わたしは表玄関に馬車を乗りつけました。一時近くなっていました。いくつかの窓に灯《あか》りがともっているために客をひろえると期待して、表階段のところに二、三台の辻馬車がとまっていましたよ（灯りのついた窓は、このアパートのわたしの住居の、広間と客間だったのです）。こんな夜おそくなぜうちの窓に灯りがついているのか、自分でもはっきりせぬまま、わたしは何か恐ろしいことを予期する先刻来と同じ精神状態で階段をあがり、ベルを鳴らしました。善良で勤勉で、ひどく愚直な召使のエゴールが、ドアを開けてくれました。玄関ホールで最初に目についたのは、ほかの服と並んでハンガーにかかっている、あの男のオーバーでした。当然おどろいてもいいはずですのに、わたしはまるでそれを予期していたように、おどろきもしませんでした。『案の定だ』わたしは心の内で言いました。客がだれかをたずね、エゴールがトルハチェフスキーの名を口にしたので、わたしはほかにだれか来ているか、きいてみました。エゴールは言いました。

『いいえ、どなたも』

まるでわたしを喜ばせ、ほかにだれかいるのではないかという疑念を晴らそうとするかのような口ぶりで、エゴールがこう答えたのを、今でもおぼえています。『いいえ、どなたも、か。そうだろう、そうだとも』わたしはまるで自分に向ってそう言ったような気持でした。

『で、子供たちは？』

『ありがたいことに、みなさんお元気です。もうとっくにお寝《やす》みですが』

わたしは息もろくにつけず、下顎のふるえをとめることもできませんでした。『そうか、してみると、俺《おれ》の考えていたのとは違うわけだ。以前は、不幸が訪れたと思っていても、いざとなると万事めでたしで、今までどおりであることがわかったものだ。ところが今度ばかりは今までどおりじゃない。俺がひそかに想像し、想像にすぎぬと思っていたことが、すべて現実に存在しているんだからな。何もかもそのとおりだったんだ……』

わたしはあやうく泣きだすところでしたが、すぐに悪魔が耳打ちしました。『泣くがいいさ、おセンチになるがいいさ、あの二人は悠々《ゆうゆう》と離れちまって、証拠はなくなるから、お前は一生、疑いつづけ、悩みつづけることになるんだ』すると、とたんに自分に対する感傷はけしとび、ふしぎな気持が生れたのです。お信じにならぬかもしれませんが、これで俺の苦しみも終りだ、今こそあの女を罰してやることができる、あの女から解放され、この憎悪を存分にあばれさせることができる、という喜びの気持なんです。そしてわたしは憎悪を解き放ってやり、野獣に、残忍で老獪《ろうかい》な野獣に化したのでした。

『いいよ、行かんでいい』客間へ行こうとしたエゴールに、わたしは言いました。『それより、そうそう、ひとつ急いで辻馬車をひろって、駅へ行ってきてくれ。ほら、これが預かり証だから、荷物を受けとってくるんだ。さ、行ってきてくれ』

彼はオーバーをとりに廊下を通って行きました。彼があの二人をおびえさせることを恐れて、わたしは召使部屋までついてゆき、オーバーを着る間、待っていたものです。部屋を一つへだてた客間で、話し声や、ナイフと皿の音がしていました。あの二人は食事をしていて、ベルの音がきこえなかったのです。『今あいつらが出てくれさえしなけりゃいいが』わたしは思いました。エゴールはアストラカンの襟《えり》のついたオーバーを着こんで、出かけました。彼をだしてやったあと、ドアに錠をおろし、いよいよ一人になった、さっそく行動に移らなければ、と感ずると、そら恐ろしくなったものです。どう行動するかは、まだわかっていませんでした。わかっていたのは、今やすべてが終った、妻が潔白ではないかという疑惑などありえない、今すぐ妻を罰し、妻との関係にけりをつける、ということだけです。

それまでのわたしにはまだ迷いがあって、『ひょっとしたら、間違いかもしれない、俺の誤解かもしれない』と自分に言いつづけてきたものでしたが、今やもうそれもなくなりました。何もかも、取返しのつかぬ形で決定したのです。俺に隠して、こんな夜中に男と二人きりでいるなんて！　これはもはや、すべてを完全に忘れた振舞いです。あるいは、もっと悪質で、こんなずうずうしさを潔白のしるしとして役立たせるつもりで、罪を犯すのにわざと大胆にずうずうしくなっているのだ。何もかも明白で、疑う余地はない。ただ一つわたしが恐れたのは、二人がすばやく離れてしまって、また新しい欺瞞《ぎまん》を考えつき、それによって証拠の明白さと罰する可能性とをわたしから奪ってしまわなければいいが、という点だけでした。そこで、一刻も早く現場をおさえるため、わたしは爪先立《つまさきだ》ちで広間に向いましたが、客間を通らず、廊下と子供部屋をぬけて行ったのです。

　最初の子供部屋には、男の子たちが眠っていました。二番目の子供部屋では乳母《うば》が身じろぎして、目をさましかけたので、乳母がすべてを知ったら何と思うだろうと、わたしは想像したものです。そう思うと、自分に対する憐れみに捉《とら》えられ、涙を抑えきれなくなったので、わたしは子供たちを起さぬよう、爪先立ちで廊下に出て書斎に戻るなり、ソファに突っ伏し、嗚咽《おえつ》にむせんだほどでした。

『俺は誠実な人間だ。立派な両親の間に生れた子供だ。一生涯、家庭生活の幸福を夢みてきたし、一度も浮気をしたことのない男なんだ……それなのに、どうだろう！　五人も子供がありながら、あの女は、赤い唇をしているというだけであんな音楽家に抱かれるなんて！　いや、あんなのは人間じゃない！　牝犬《めすいぬ》だ、さかりのついた牝犬なんだ！　今日までずっと、子供を愛しているふりをしてきながら、その子供たちの部屋の隣りで。しかも、俺にあんな手紙を書いてよこすなんて！　それでいて、恥知らずに頸《くび》ったまにかじりつくんだ！　いったい、俺が何を知っているというんだろう？　ひょっとしたら、今までずっとこうだったのかもしれないな。ことによると、俺のだと思っているあの子供たちもみんな、とうの昔から召使たちと乳くり合って作ったんじゃないだろうか？　もし明日俺が帰ってくれば、あいつはいつもの髪型で、あのいつもの腰つきと、ものうげなしとやかな動作で俺を出迎え（わたしは妻の魅力的な、憎らしい顔を目にうかべたものです）、この嫉妬《しっと》のけだものは永久に俺の心の中に腰を据えて、心を八つ裂きにしつづけたことだろう。乳母はどう思うだろう、エゴールは？　それに気の毒なのはリーザだ！　あの子はもうある程度のことはわかっている。この破廉恥《はれんち》さ！　それにこの嘘《うそ》！　俺にはよくわかっている、この動物的な肉欲！』わたしは自分に言いました。

立ち上がろうとしたのですが、だめでした。胸の動悸《どうき》がはげしくて、ちゃんと立っていられないのです。そうだ、俺は心臓麻痺《まひ》で死ぬに違いない。あの女が俺を殺すのだ。あの女が望んでいるのも、それなのだ。どうだろう、あの女は殺すだろうか？

いや、そんなことはない、それじゃあの女があまりにも儲《もう》け役すぎる、そんな喜びを与えてなるものか。そうとも、俺がこうして坐《すわ》っているときも、あの二人はあっちで食事をして、笑ったり、そして……そうだとも、妻はみずみずしい若さとはいえないが、あの男はそんなことなど意に介すまい。とにかく、妻はまんざら棄《す》てたものじゃないし、何より、少なくともあの男の大切な健康にとって安全無害だからな。『それにしても、なぜあのとき、あんな女を絞め殺さなかったんだろう』一週間前、妻を書斎から叩《たた》きだし、そのあといろんな品物をぶちこわした、あの瞬間を思い起して、わたしは自分に言ったものでした。あのときの精神状態がまざまざと思い起されました。思い起しただけではなく、あのときに味わった、叩きのめしたい、ぶちこわしたいという同じ欲求さえ感じたのです。忘れもしませんが、わたしは行動したくなったものです。そして、行動に必要なもの以外は、あらゆる考えが頭からけしとんでしまったのです。わたしがおちいったのは、けだものの状態か、さもなければ、危機に瀕《ひん》して肉体的な興奮に支配された人間の状態で、そんなときには人間はあせらず正確に、それでいてただの一分たりともむだにせず、たえず一つのはっきりした目的だけをいだいて、行動するものなのです」

27

「最初にわたしがしたのは、長靴をぬいで靴下だけになり、銃や短剣のかかっている、ソファの上の壁のところに行って、まだ一度も使ったことがないので刃先のおそろしく鋭い、反《そ》りの入ったダマスクス製の短剣をとることでした。わたしは短剣の鞘《さや》をはらいました。鞘がソファのうしろに落ちてしまったのをおぼえていますし、『あとで見つけなけりゃ。でないと失《な》くなるからな』と自分自身に言ったのも、おぼえています。それから、この間ずっと着たままでいたオーバーをぬぎ、靴下だけの足をそっと踏みだして、めざす部屋に向いました。

そっと忍びよるなり、わたしはふいにドアを開けました。あの二人の顔の表情を、今でもおぼえていますよ。表情をおぼえているというのも、その表情がわたしに苦しいほどの喜びをもたらしたからです。それは恐怖の表情でした。まさしくそれこそ、わたしの求めるものだったのです。わたしの姿を見た最初の瞬間、どちらの顔にもあらわれた、あの絶望的な恐怖の表情を、わたしは決して忘れないでしょうよ。あの男はたしかテーブルの前に坐っていたのですが、わたしを見るか、気配をききつけるかしたとたん、はね起きて、戸棚《とだな》に背を向けて立ちすくみました。あの男の顔にあったのは、まごうかたない恐怖の表情だけでした。妻の顔にもそれと同じ恐怖の表情はあったのですが、それと同時に別の表情もありました。もし恐怖の表情だけだったとしたら、おそらく、あんな事件は起らなかったでしょう。しかし、妻の顔の表情には、少なくとも最初の瞬間にわたしの受けた感じでは、そのほかに、恋への没入と、あの男と二人きりでいる幸せとを破られたことによる落胆と不満があったのです。今のこの幸せを邪魔されなければということ以外、妻には何一つ必要でないかのようでした。このどちらの表情も二人の顔にほんの一瞬とどまっていたにすぎません。あの男の恐怖の表情はすぐに、疑問の表情に変りました。まだ欺《だま》せるだろうか？　欺せそうなら、さっそく取りかかる必要がある。だめなら、何か別のことが起るにちがいない。でも、何が起るだろう？　男は問いかけるようにちらと妻を見ました。妻が男を見返したとき、わたしの気のせいか、それまで妻の顔にうかんでいた口惜しさと落胆の表情が、男の身を案ずる心配に変ったようでした。

一瞬わたしは短剣を背後に隠し持ったまま、戸口に立ちどまりました。その瞬間、あの男が微笑して、こっけいなくらい平然とした口調で言いだしたのです。

『ちょうど音楽をやっていたもので……』

『ほんとに思いがけなかったから……』同時に妻も、男の口調にならって、口をひらきました。

　しかし、どちらもしまいまで言いきることができませんでした。一週間前に味わったのと同じあの狂暴な怒りが、わたしを捉えたからです。ふたたびわたしは、破壊と暴力と、憤《いきどお》りの快感への欲求をおぼえ、それに身をまかせたのです。

　どちらもしまいまで言いきることができませんでした……あの男の恐れていた別の事態が生じ、二人の言おうとしたことをすべて、一挙に断ち切ってしまったからです。妻の脇腹《わきばら》の乳の下を突き刺すのを男に邪魔されぬよう、相変らず短剣を隠したまま、わたしは妻にとびかかりました。刺す個所は最初から選んでおいたのです。わたしがとびかかった瞬間、あの男はそれに気づいて、あんな男からは予想もしなかったことですが、わたしの腕をつかむなり、叫びました。

『気をたしかに。何をするんです！　おい、だれか来てくれ！』

　わたしは腕をふりはらい、無言のまま男にとびかかりました。目と目が合ったとたん、あの男はふいに白布のように唇まで蒼《あお》ざめ、目が何か一種特別な光を放つと、これもまったく予想しなかったことですが、ピアノの下にもぐりこんで戸口に逃げだしたのです。あとを追おうとしかけたとき、左手に重いものがぶらさがりました。妻でした。わたしはふりはらいました。妻はいっそう重くぶらさがり、放そうとしません。

この思いがけぬ邪魔や、重さ、妻のうとましい感触などが、いっそうわたしを煽《あお》りたてたのです。わたしは、自分がまったくの狂人であり、さぞ恐ろしい形相をしていることだろうと感じ、それを喜んだものでした。力まかせに左手をふりはらい、肘《ひじ》で妻の顔を突きました。妻は悲鳴をあげ、わたしの手を放しました。わたしは男のあとを追おうとしかけたのですが、靴下だけの姿で妻の情夫を追いかけたりするのはこっけいにちがいないと思いいたったのです。こっけいな存在になるのはわたしとていやで、あくまでも恐ろしい存在でいたかったのです。恐ろしい憤りに捉えられていたにもかかわらず、わたしは終始、自分がほかの人たちにどんな印象を与えているかを記憶にとどめていましたし、ある程度までその印象に支配されてすらいました。わたしは妻のところへ引き返しました。妻はソファベッドに倒れ、わたしに突かれて痣《あざ》のできた片目を手で押えたまま、わたしを睨《にら》んでいます。その顔にはちょうど、まんまと捕《つか》まって鼠《ねずみ》とり器を持ちあげられたときの鼠のように、敵であるわたしへの恐怖と憎悪《ぞうお》があらわれていました。少なくともわたしは、恐怖と憎悪以外の何物もそこに見いだしませんでした。ほかの男への愛がひき起したに相違ない、恐怖と憎悪なのです。それでも、もし妻が沈黙してさえいたら、ことによると、わたしはまだ自分を抑えて、あんなことをしなかったかもしれません。ところが妻はふいにしゃべりだし、短剣を握ったわたしの手を片手で押えにかかったのです。

『正気に戻ってください！　何をなさるの？　どうなさったの？　何もありゃしないのよ、何も、何もないのよ……誓ってもいいわ！』

わたしはまだためらったにちがいないのですが、妻のこの最後の言葉によって、まったく反対の結論を、つまり、すっかりできていたのだという結論をひきだしたことが、反応を誘ったのです。その反応は当然、わたしが自分を導き入れた気分――ますますクレッシェンドで高まってゆき、そのまま昂揚《こうよう》しつづけるにちがいない気分に合致するものでした。憤りにもやはりそれなりの法則はあるんですよ。

『嘘をつけ、この淫売《いんばい》！』と、わめくなり、わたしは左手で妻の片手をつかみましたが、妻はその手をふりはらいました。そこでわたしはやはり短剣を放さずに、左手で妻の咽喉《のど》をつかみ、仰向《あおむ》けにおしたおすと、咽喉を締めにかかったのです。ひどく固い頸《くび》でした……妻が両手でわたしの手をつかみ、咽喉からふり放そうとしたので、わたしはさながらそれを待っていたかのように、力いっぱい短剣を左の脇腹の、肋骨《ろっこつ》の下あたりに突き刺しました。

憤りの発作にかられると自分のしていることをおぼえていない、なんて言う人がいますけれど、あれはでたらめです、嘘ですよ。わたしはすべてをおぼえていましたし、一秒たりと記憶をとだえさせたりしませんでしたからね。自分の内部の憤りをますます強く煽りたてれば煽りたてるほど、意識の光がいっそう明るく燃えあがるので、その光の下では自分のしていることのすべてが見えぬはずはないのです。どの瞬間にもわたしは、自分が何をしているかを承知していました。自分が何をするかをあらかじめ知っていたとは言えませんが、何かをしている瞬間には、いや、むしろその少し前から、自分が何をしているかわかっていましたし、それはまるで、あとで後悔できるよう——あのときに思いとどまることだってできたのだと自分に言うことができるようにするためみたいでした。肋骨の下を刺したのも、短剣が入ってゆくのも、知っていました。それをやっている瞬間にも、自分が何か恐ろしいことを、今まで一度もしたことのない、そして恐ろしい結果を生むにちがいないことをやっているのを、知っていたのです。しかし、その意識は稲妻のようにちらと閃《ひらめ》いただけで、意識のあとにすぐ行為がつづきました。その行為も異常なほど鮮明に意識されたものです。コルセットと、さらに何かの瞬間的な抵抗と、そのあと柔らかいものの中に短剣がめりこんでゆくのとを、わたしは感じとり、おぼえています。妻は両手で短剣をつかみ、傷だらけになりましたが、もちこたえられるものじゃありません。その後、わたしの内部で精神変革がなしとげられたあと、牢《ろう》の中でわたしは永い間、この一瞬のことを考え、やってのけることのできた行為を思い返して、考察したものです。あの行為に先立って一瞬、ほんの一瞬だけ、俺はかよわい女を、自分の妻を殺そうとしている、いや、殺してしまったのだという恐ろしい意識があったのを、おぼえています。この意識の恐ろしさをおぼえているため、わたしはこう結論し、ぼんやりと思いだしさえするのですが、短剣を突き刺すなり、わたしはすぐに、やってしまったことを訂正し中止したいと思って、短剣を引きぬいたのでした。これからどうなるだろう、取返しがつくだろうか、と期待しながら、わたしは一瞬、身じろぎもせずに立ちつくしていました。

妻がはね起きて叫びました。

『ばあや！　あたし殺される！』

騒ぎをききつけた乳母が、戸口に立っていました。わたしはなおも期待し、信じられぬ思いで、立ちつくしていたのです。が、このとき、妻のコルセットの下からどっと血が吹きだしたのです。ここにいたってやっとわたしは、もう取返しがつかぬことをさとり、即座に、そんな必要はあるもんか、俺が望んでいたのはまさしくこのことじゃないか、こうするのが当然だったのだ、と肚《はら》を決めました。妻が倒れ、乳母が『まあ、大変！』と叫んで走りよる間、わたしは待ち、そのうえではじめて短剣を投げすてて、部屋を出たのです。

『動揺しちゃいけない。自分が何をしているかを知っておく必要があるんだ』妻と乳母を見ぬようにしながら、わたしは自分に言いました。乳母が大声をあげて、小間使をよんでいました。わたしは廊下を通りぬけ、小間使をさし向けてから、自分の部屋に向いました。これから何をすればよいのだろう？　自分にたずねて、すぐに何をすべきかさとりました。書斎に入ると、まっすぐ壁のところへ行き、ピストルをとって、点検したあと――ちゃんと装塡《そうてん》してありました――テーブルの上においたのです。そのあと、ソファのうしろから鞘《さや》をとり、ソファに腰をおろしました。

永いことそのまま坐っていました。何も考えず、何も思いだしませんでした。向うで何やら右往左往しているのがきこえたものです。だれかが馬車でやってきて、そのあとさらにまただれかが来たのも、きこえました。やがて、エゴールが駅から持ちかえったわたしのバスケットを書斎に運びこむのが、きこえ、目に入りました。まるで、そんなものがだれかに必要であるみたいに！

『何が起ったか、きいただろう？』わたしは言いました。『警察へ知らせるよう、管理人に言ってきなさい』

エゴールは何も言わずに、立ち去りました。わたしは立ち上がり、ドアに錠をおろすと、煙草《たばこ》とマッチをとりだして、吸いはじめました。一本の煙草も吸いきらぬうちに、眠気がわたしをとらえ、打ちのめしました。きっと二時間くらい眠ったのでしょう。忘れもしません、眠っている間に、わたしは妻と仲むつまじく、ちょっと喧嘩《けんか》をしても仲直りし、何かが少し邪魔をしても、やはり仲むつまじく暮している夢を見たのです。ドアのノックに叩き起されました。『警察だな』目をさましながら、わたしは思いました。『たしか殺したはずだったな。それとも、ひょっとすると、女房のやつかな、何事も起らなかったのかもしれないぞ』ドアのノックはまだつづいています。わたしは疑問を解こうとしていたので、何も答えませんでした。あれは本当にあったことだろうか、それともなかったのだろうか？ そう、たしかにあったのだ。コルセットの抵抗感と、短剣ののめりこむ手ごたえを思いだすと、背筋を寒けが走りぬけました。『そうだ、たしかにあった。そう、今度は自分を片づけなけりゃ』わたしは心の内で言ったのです。しかし、そうは言ったものの、自殺せぬことは承知していました。それでも立ち上がって、ふたたびピストルを手にとったのです。ところが、ふしぎなことに、これまでいくたびとなく自殺の一歩手前まで行ったことや、現にこの日でさえ汽車の中で、そうすれば妻にショックを与えてやれると考えたため、自殺など実にたやすいという気がしていたことは、ちゃんとおぼえているのに、今になってみると、自殺はおろか、それを考えることさえ、どうしてもできないのです。『何のためにそんなことをするんだ?』自分の心にたずねても、答えはありませんでした。ドアのノックはまだつづいています。『そうか、だれがノックしているのかを、先に確かめる必要があるな。それからでも間に合うさ』わたしはピストルをおき、新聞紙で隠しました。戸口に行き、掛金をはずしました。それは妻の姉で、善良で愚直な未亡人でした。

『ワーシャ! 何てことを?』彼女は言い、いつでも用意してある涙が流れでました。『何の用です?』わたしはぞんざいにききました。彼女にぞんざいな態度をどる必要や理由など、全然ないことはわかっていたのですが、ほかの調子をまったく思いつけなかったのです。

『ワーシャ、妹は危篤《きとく》なのよ! イワン・フョードロウィチ先生がそうおっしゃったわ』イワン・フョードロウィチというのは、妻のかかりつけの医者で、相談相手なのです。

『あの男が来てるんですか?』わたしはたずねました。と、妻に対する憎しみのすべてが、ふたたびわき起ったのです。『だから、どうだというんです?』

『ワーシャ、妹のところへ行ってやってちょうだい。ああ、何て恐ろしいことを』彼女は言いました。

すぐさま、行ってやらねばならぬ、きっと常にそうするのがしきたりなのだ、俺のように夫が妻を殺した場合には必ずそばに行ってやる必要があるのだ、と答えたのです。『それがしきたりとあらば、行かにゃなるまい』わたしは自分自身に言いました。『それに、必要が生じたら、いつだって間に合うんだし』ピストル自殺の意図について、わたしはこう考え、彼女について行きました。『これから、文句だのしかめ面《つら》だのがはじまるんだろうが、そんなものに負けてたまるか』わたしは自分に言いました。『ちょっと待ってください』わたしは妻の姉に言いました。『長靴をはいていないのは、ばかみたいだから、せめてスリッパくらい、はかせてください』」

28

「それにしても、ふしぎなものですね！　部屋を出て、勝手知った部屋をつぎつぎに通ってゆくうちに、ふたたび心の中に、何事もなかったのだという希望が生れたのですが、ヨードホルムや石炭酸など、あの医者特有の不快な匂《にお》いが、わたしをぎょっとさせました。いや、何もかも実際に起ったのだ。子供部屋の横の廊下を通りしなに、リーザの姿が目に入りました。あの子はおびえきった目でわたしを見つめていました。

五人の子供が全部そこにそろって、わたしを見ていたような気さえしたものです。わたしが戸口に近づくと、小間使が中からドアを開け、出て行きました。最初に目に入ったのは、椅子《いす》の上におかれた妻の淡いグレーの服で、それが血のためにすっかりどすぐろく染まっているのです。わたしたちのダブルベッドの、それもわたしの方の側に——そっち側の方が近づくのに簡単だったからですが、妻が両膝《りょうひざ》を立てて寝ていました。妻はジャケットの前をはだけ、枕《まくら》だけ当てたひどく傾斜した姿勢で寝ていました。傷の上に何か当ててありました。部屋にはヨードホルムの重苦しい匂いがたちこめていますしね。最初に、何よりも強いショックをわたしに与えたのは、鼻の一部と片方の目の下にかけて、痣《あざ》を作って紫色に腫《は》れあがった妻の顔でした。それは、わたしをとめようとしたとき、肘《ひじ》で一撃をくらった痕《あと》なのです。美しさなどみじんもなく、何か醜悪なものが目に映じただけでした。わたしは戸口に立ちどまりました。

『そばへ行ってあげなさい、そばへ』妻の姉が言いました。

『そうか、きっと、罪を認める気なんだな』わたしは思ったものです。『赦《ゆる》してやろうか？　そう、死にかけているんだから、赦してやってもいいだろう』寛大になろうと努めながら、わたしは思いました。わたしはすぐ近くまで行きました。妻は片方が傷ついている目をやっとのことでわたしに上げ、口ごもりながら苦しげに言い放ったのです。

『さぞ本望でしょうよ、人殺しをして……』妻の顔に、肉体的な苦痛と死の間近さをさえ通して、ずっと以前から馴染《なじ》み深い、あの冷やかな動物的な憎しみがあらわれました。『子供たちは……とにかく、あなたには……渡しません……姉さんが引き取ってくれますから……』

わたしにとっていちばん肝心のことだった、自分の罪や不貞については、言及するにもあたらぬと、みなしているようでした。

『さあ、自分のなさったことを、せいぜい鑑賞なさるといいわ』戸口を眺《なが》めながら妻は言うと、しゃくりあげました。戸口には妻の姉が子供たちを連れて立っていたのです。『そうよ、こんなことをあなたはやってのけたんだわ』

わたしは子供たちや、青痣を作って腫れあがった妻の顔をちらと眺め、このときはじめて自分自身を、自己の権利を、誇りを忘れ、はじめて妻の内に一人の人間を見いだしたのでした。わたしの心を傷つけてきたすべてのもの、つまりわたしの嫉妬《しっと》のすべてが、実にくだらぬものに、そして自分のしでかしたことがあまりにも由々しいものに思われたため、よほど妻の手に顔を突っ伏して、『赦してくれ！』と言おうかと思ったのですが、その勇気がでませんでした。

妻は、明らかにそれ以上話す気力もないらしく、目を閉じて、黙っていました。やがて、醜く傷ついたその顔がふるえだし、皺《しわ》を刻みました。妻は弱々しくわたしを押しのけました。

『なぜ、こんなことをしたの？　なぜ？』

『赦してくれ』わたしは言いました。

『赦せ、ですって？　くだらないわ、そんなこと！……ただ、死にたくない！』妻は叫んで、半身を起すと、熱病のような光に燃える目をわたしに注ぎました。『そうよ、さぞ本望でしょうよ！　あなたが憎い！　ああ！　ああ！』明らかにうわごとらしく、何かにおびえながら、妻は叫びはじめたのです。『さあ、殺して、殺してちょうだい、こわいもんですか……ただ、みんな殺すのよ、一人残らず。あの人も。逃げるなんて、逃げるなんて！』

うわごとはずっとつづきました。妻はだれも見分けられなくなりました。その日の昼近くに、死にましたよ。わたしはその前に、八時ごろ、警察に連行され、そこからさらに刑務所へ移されたのです。裁判を待ちながら、牢に十一カ月間も坐《すわ》り通し、自分自身や自分の過去をしみじみ考えた末に、わたしはやっと理解したのでした。理解しはじめたのは、事件の翌々日でしたよ。事件の翌々日、わたしはわが家へ連れて行かれたのです……」

彼は何か言おうとしかけたが、嗚咽《おえつ》をこらえることができず、言葉を切った。気力をふるい起すと、また話をつづけた。

「柩《ひつぎ》に横たわる妻を見たときにはじめて、わたしは理解しはじめたのです……」彼はしゃくりあげたが、すぐに急《せ》きこんでつづけた。「妻の死顔を見たときにやっと、自分のしでかしたことのすべてをさとったのですよ。わたしが、このわたしが妻を殺したのだ。元気で動きまわっていた温かい身体《からだ》の妻が、身動き一つせぬ、蠟《ろう》のような冷たい姿に変りはてたのも、わたしの仕業《しわざ》なのだ、このことは永久に、どこへ行こうと、何をしようと取返しがつかないのだ、ということをさとったのです。この苦しみをなめたことのない人には、わかるはずもありませんが……う！　う！　う！」何度か彼は叫んで、ひっそりとなった。

わたしたちは永いこと無言で坐っていた。彼はわたしの向い側ですすりなき、無言のまま身をふるわせていた。

「どうも失礼しました……」

彼はわたしから顔をそむけ、毛布にくるまって、座席に身を横たえた。おりねばならぬ駅に来たので――朝の八時ごろだった――わたしは別れを告げるため、彼のところに行った。眠っているのか、それとも眠っているふりをしていたのか、とにかく彼は身じろぎもしなかった。わたしは片手を彼にふれた。彼は目を開けたが、眠っていたのでないことは明らかだった。

「じゃ、ごめんください」片手をさしだしながら、わたしは言った。

彼は握手して、かすかに微笑したが、わたしまで泣きたくなるような痛々しい微笑だった。

「どうも失礼しました」話のしめくくりに用いた、同じあの言葉を、彼はくり返した。

悪魔

しかし、わたしはあなたがたに言う。だれでも、情欲をいだいて女を見る者は、心の中ですでに姦淫《かんいん》をしたのである。

もしあなたの右の目が罪を犯させるなら、それを抜き出して捨てなさい。五体の一部を失っても、全身が地獄に投げ入れられない方が、あなたにとって益である。

もしあなたの右の手が罪を犯させるなら、それを切って捨てなさい。五体の一部を失っても、全身が地獄に落ちこまない方が、あなたにとって益である。


（マタイによる福音書第五章二八、二九、三〇）

1

エヴゲーニイ・イルチェーニェフを待っているのは、かがやかしい前途だった。そのための条件はすべて整っていた。立派な家庭のしつけ、ペテルブルグ大学法学部を優秀な成績で卒業したこと、先ごろ死んだ父親と最高の上流社会との縁故、それにさる省に大臣の口ききで勤めはじめてさえいた。財産もあった。厖大《ぼうだい》とさえ言える財産だったが、実情は怪しいものだった。父は外国やペテルブルグで暮し、エヴゲーニイと、近衛《このえ》騎兵隊に勤務している兄アンドレイという二人の息子に六千ルーブルずつ仕送りして、自分は母と散財の限りをつくしてきた。夏に二カ月ほどすごすために領地へ帰るだけだったが、領地の経営はせず、これもすっかり贅沢《ぜいたく》に慣れて経営なぞ手がけぬくせに絶大の信用を博している支配人に何もかも任せきりだった。

父の死後、財産分けをする段になって、負債があまりにも多いことがわかったため、弁護士は、十万ルーブルと評価された祖母の領地だけを手もとに残して、相続を放棄するようすすめたほどだった。しかし、イルチェーニェフ老人と交渉のあった、つまり、自分宛《あ》ての手形を持っているので、そのためにペテルブルグに上京してきた、領地つづきの隣人である地主の話では、負債があるとはいえ、事業を立て直して、これからも厖大な財産を維持してゆくことができるという。森や、あちこちの半端《はんぱ》な荒地を売り払って、主要な財源である、四千ヘクタールの黒土に恵まれたセミョーノフスコエ村と、製糖工場と、二百ヘクタールの河原の牧草地とを確保し、その仕事に一身を捧《ささ》げる気なら、村に住みついて、賢明に勘定高く経営してゆきさえすればよいのだ。

そこでエヴゲーニイは、春に領地に行ってきて（父の死んだのは大斎期だった）、すべてを検討した末、退官して母と村に住み、主要な財産を維持してゆくため、領地経営にのりだすことにきめた。さほど仲がよいわけでもない兄とは、こんなふうに話をつけた。毎年四千ルーブル支払うか、一遍に八万ルーブル支払う義務を彼が負うかわり、兄はその代償として自己の相続分を放棄するのだ。

彼はそう話をきめると、広大な屋敷に母と移り住んで、熱心に、同時にまた慎重に、経営と取りくんだ。

ふつう、ごく通常の保守主義者は老人で、革新者は青年であると、思いがちなものだ。これは必ずしも正しいと言えない。ごく通常の保守主義者は、青年である。青年たちは、生活したくても、どう生活せねばならぬかを考えないし、考える余裕ももたぬため、旧来の生活を手本として選ぶからだ。

エヴゲーニイの場合もそうだった。今や村で暮すようになって、彼の夢と理想は、かつての、といっても父の代のではなく（父は経営者としては失格だったから）、祖父の代の生活形態を復活することだった。そして今や彼は、屋敷にも、庭園にも、領地経営にも、もちろん時代に特有の変化こそあったが、すべてを潤沢にという祖父の生活の全般的な精神を、つまり周囲のあらゆる人の満足と、秩序と、整備とを復活させようと努めていたが、その生活を安定させるためには、仕事はきわめて多かった。債権者や銀行の要求も充《み》たさなければならなかったし、そのためには土地を売ったり、支払いを延ばしたりせねばならず、四千ヘクタールの耕地と製糖工場を擁するセミョーノフスコエ村で、場所によっては地代で、場所によっては賦役《ふえき》仕事で大がかりな経営をすすめつづけてゆくには、金を手に入れることも必要だった。屋敷にも庭園にも、放置や凋落《ちょうらく》の影さえないようにせねばならなかった。

仕事は多かったが、エヴゲーニイの体力も精神力も豊かにあった。二十六歳の彼は中背で、体格は逞《たくま》しく、体操で発達した筋肉をもつ多血質の人間で、頬《ほお》全体に鮮やかな紅《あか》みがさし、かがやくばかりの歯と唇《くちびる》をし、濃くはないが柔らかな巻毛だった。唯《ゆい》一《いつ》の肉体的な欠陥は近視で、それを彼は眼鏡でみずから助長していたので、今ではもう鼻梁《びりょう》の上部に線を刻みつけた鼻眼鏡なしには歩くこともできなかった。肉体的には彼はそういう人間であり、精神的な面はといえば、彼を深く知れば知るほど、だれでもますます好きになるといったタイプだった。母はかねてからだれよりも彼を愛していたし、夫を失った今では、自己のやさしい愛情のすべてばかりか、全生活までも彼に注いでいた。しかし、そんなふうに彼を愛していたのは、母親一人ではなかった。中学や大学時代の友人たちも、つねづね彼を特に愛していただけではなく、尊敬してもいた。まわりのすべての人に彼はいつもそうした感化を及ぼしてきたのである。彼の話すことを信じないわけにはいかなかったし、こんな開けっぴろげで正直な顔と、何よりもそんな目をした彼に、欺瞞《ぎまん》や嘘《うそ》など、考えてみることもできなかった。

概して彼の全人格が、仕事の面で大いに助けになった。ほかの相手なら断わるにちがいない債権者が、彼の言葉なら信用するのだった。ほかの相手に対してなら汚ない真似《まね》をして欺《だま》すにちがいない管理人や、村長や、百姓が、善良で素朴で、そして何よりも、開けっぴろげな人間との交際のこころよい印象のおかげで、欺すことを忘れていた。

五月末だった。エヴゲーニイは、荒地を商人に売るために抵当から解除する仕事を町でどうやら片づけ、農業に必要なもの、つまり馬や牛、荷車などを一新するための金をその商人から借り受けた。何よりも、さしあたり必要な農場の建設をはじめるための金だった。仕事は順調に運びだした。材木が運びこまれ、大工はすでに仕事にかかっていたし、牛糞《ぎゅうふん》肥料も荷馬車八十台分が運ばれてきたが、万事がいまだに危ない綱を渡るにひとしい状態だった。

2

こうした気苦労のさなかに、重大でこそないが当時エヴゲーニイを悩ませはじめた事態が生じた。これまで彼は、世のすべての健康な独身の青年たちと同じように、青春を生きてきた。つまり、さまざまな種類の女性と関係をもってきたのである。彼は道楽者ではなかったが、みずから自分に言っていたとおり、禁欲僧でもなかった。また、それにふけったといっても、彼の言葉を借りるなら、せいぜい肉体的な健康と精神の自由にとって必要な程度であった。初体験は十六の年だった。そして今日まで無事にすんできた。無事にというのは、放蕩《ほうとう》に溺《おぼ》れもしなければ、一度として血道を上げたこともなく、一度も病気をもらったことがないという意味である。最初はペテルブルグにお針子がいたのだが、そのうち女が身を持ち崩《くず》したので、ほかで間に合わせた。それにこの方面は十分に保障されていたから、困ったことなどなかった。

ところが、田舎《いなか》暮しもふた月目になるのに、彼はどうすればよいのか、まるきりわからなかった。不本意な禁欲がわるい影響を及ぼしはじめた。そのためにわざわざ町へ行かねばならないのだろうか？　それも、どこへ？　どうやって？　この一事がエヴゲーニイ・イルチェーニェフの心を騒がせていた。彼はそれがやむをえぬ必要なことだと確信していたため、本当に必要になってきて、自分が今や自由ではなく、若い女に出会うたびに目で見送っているのを感じた。

　彼は自分の持ち村の女や娘と関係を結ぶのを、よくないこととみなしていた。父も祖父もその点では当時のほかの地主たちとは完全に一線を画し、農奴《のうど》の女たちとの色事をいっさい家庭に持ちこまなかったことを、彼は話にきいて知っていたし、自分もそれだけはすまいと決心していた。だが、やがて、ますますわが身の窮屈さを感じ、小さな田舎町で起りうる事態を恐怖とともに想像しているうちに、今では農奴ではないのだと思い当り（訳注　農奴制は一八六一年に廃止された）、ここでも可能だと肚《はら》をきめた。ただ、だれにも知られぬようにことを運びたいものだ、それに放蕩のためではなく、もっぱら健康のためなのだから、と彼は自分に言いきかせた。こう決心すると、いっそう落ちつかなくなった。村長や、百姓たちや、建具屋と話していても、思わず話を女のことに向けてしまうし、話が女のことになれば、それを長引かせようとした。女たちをじろじろ眺《なが》めることも、ますます多くなっていった。

3

しかし、心ひそかに問題を解決するのと、それを実行に移すのとは、別のことだった。自分で女に近づくわけにはいかなかった。どの女に？　どこで？　だれかに仲立ちを頼まねばならなかったが、だれに頼めばよいのだろう？

あるとき、森の番小屋へ酒を飲みに寄ったことがあった。森番は父のかつてのお抱《かか》え猟師だった。エヴゲーニイ・イルチェーニェフは彼を相手に話しこみ、森番は狩場でのさまざまな乱行にまつわる昔話をしはじめた。と、この番小屋か森でことを運べればいいのだがという考えが、エヴゲーニイの頭にうかんだ。ただ、どう切りだせばよいのかわからなかったし、ダニーラ老人が引き受けてくれるかどうかも、わからなかった。『ことによると、そんな申し出に肝をつぶして、俺《おれ》が赤恥をかくかもしれないが、ひょっとしたら、しごくあっさり応じてくれるかもしれない』ダニーラの話をききながら、彼はそう思った。ダニーラは、かつて村から遠く離れた狩場で補祭の細君のところに泊ったとき、プリャニーチニコフのために百姓女を調達してやったことを話していた。

『大丈夫だ』エヴゲーニイは思った。

「亡《な》くなられたお父上は、そんなばかな振舞いはなさいませんでしたけれどね」

『だめだ』エヴゲーニイは思ったが、調べておくために言った。

「じゃ、どうしてお前はそんなけしからんことを手がけたんだ？」

「何がいけないってんです？　女も喜ぶし、フョードル・ザハールイチのほうだって大満足なんですからね。わたしは一ルーブルもらえるし。じゃ、あの旦那《だんな》はどうすりゃいいんです？　あの人だって生身の人間だ。自然の道理にゃ勝てませんよ」

『うん、話しても大丈夫だ』エヴゲーニイは思い、さっそく取りかかった。

「実はね」顔が真っ赤になるのを、彼は感じた。「実はね、ダニーラ、僕も参ってるんだ」

ダニーラはにやりとした。

「僕だってやはり修道僧じゃないし、習慣になってたんでね」

自分の言っていることがすべて愚かしいと感じはしたが、ダニーラが同意してくれたので、彼は嬉《うれ》しくなった。

「なんだ、もっと早くおっしゃってくださりゃよかったのに。そのことなら大丈夫でさ」老人は言った。「ただ、どういうのがいいか、おっしゃってください」

「いや、本当の話、どういうのでもいいんだ。そりゃ、もちろん、みっともない女じゃなくて、健康なのがいいけど」

「わかりやした！」ダニーラはぐいとパンを食いちぎった。ちょっと彼は考えた。「いい玉ですよ。ごらんになってくださいよ」彼は言いだした。エヴゲーニイはまた赤くなった。「ああ、いい玉がいますよ」彼は言いだした。ダニーラは去年の秋、嫁に行ったんですがね」ダニーラはささやき声になった。「男が何一つしてやれないんですよ。こっちさえその気になりゃ、たやすいもんでさあね」

エヴゲーニイは恥ずかしさに眉《まゆ》をひそめさえした。

「いや、いや」彼は口を開いた。「僕が必要なのは全然そういうんじゃないんだ。むしろ反対に（反対のいったい何がありうるというのだ?）、むしろ反対に、健康な女でさえあればいいんでね、面倒がなるべく少ないように、兵隊の留守女房とか、そういうほうが……」

「わかってますとも。つまり、ステパニーダをお任せしますよ。亭主は町に行ってますから、兵隊の留守女房も同様でさ。いい女ですよ、身ぎれいで。あれならご満足いただけますさあ。わたしがちょっと顔を貸せよと耳打ちすりゃ、あの女なら……」

「よし、それじゃいつにする?」

「明日だってかまいませんよ。煙草《たばこ》をもらいに行って、寄ってみますから、お昼にここか、野菜畑の裏の風呂《ふろ》小屋にいらしてください。だれもいませんから。それに、昼休みなら百姓はみんな眠ってますしね」

「よし、わかった」

家路についたとき、エヴゲーニイは恐ろしい興奮に捉《とら》えられていた。『どんなのが来るだろう？　百姓女って、どんなかな？　ひょっとすると、みっともない、ひどいのが来るんじゃないか。いや、あの女たちはきれいだ』これまで目をつけた女たちを思いうかべながら、彼はひとりつぶやいた。『しかし、何て言おう、何をしよう？』

一日じゅう、気持が落ちつかなかった。翌日十二時に、彼は番小屋に出かけた。ダニーラが戸口に立っており、無言のまま意味ありげに森の方を顎《あご》でしゃくって示した。エヴゲーニイの心臓に血がどっと流れこんだ。彼はそれを感じ、野菜畑に向った。だれもいない。風呂小屋に歩みよった。だれもいない。中をのぞいて、出てくると、ふいに小枝の折れる音がきこえた。彼はあたりを見まわした。小さな窪地《くぼち》の向うの茂みに、女が立っていた。彼は窪地を突っ切って向う側に突進した。窪地にイラクサが茂っていたのに、彼は気づかなかった。彼は手を引っかかれ、鼻眼鏡を落して、向う側の丘に駆け上がった。刺繍《ししゅう》を飾った白い前掛けに臙脂《えんじ》色《いろ》のスカートをつけ、鮮やかな真紅のプラトークをかぶった、素足の、みずみずしい、身体《からだ》つきのしまった、美しい女が立って、内気そうにほほえんでいた。

「丘のまわりに小道があるから、まわってらっしゃればよかったのに」彼女は言った。「ずいぶん待ったんですよ。仰山に」

彼は女に近づき、あたりを見まわしながら、手をふれた。

十五分ほどして二人は別れた。彼は鼻眼鏡を見つけ、ダニーラのところに寄ると、「満足なさいましたか、若旦那？」という質問に対する答えとして一ルーブル与え、家に帰った。

彼は満足だった。羞恥《しゅうち》は最初のうちだけだった。だが、やがて消えてしまった。何もかもすばらしかった。何よりも、今や心が軽く、落ちついて、溌剌《はつらつ》となったのがすてきだった。女の顔はろくに眺めさえしなかった。清潔な、新鮮な、器量のよい、気さくな女で、いやな顔ひとつしなかったことだけ、おぼえていた。『だれの女かな？』彼は心の内で言った。『ペチニコワとか言ってたな？　どっちのペチニコワだろう？　二軒あるからな。きっと、ミハイラ爺《じい》さんのところの嫁にちがいない。そう、たぶんそうだ。あそこの息子はモスクワで暮してるし。そのうちダニーラにきいてみよう』

これ以来、それまで村の生活の重大な不快事だった、不本意な禁欲という事態は取り除かれた。エヴゲーニイの思考の自由はもはや乱されることなく、思いきり仕事に取りくむことができた。

ところで、エヴゲーニイがすすんで引き受けた仕事は、きわめて容易ならぬものだった。時おりは、自分が持ちこたえられず、結局はやはり領地を売る羽目になり、自分の努力もすべて水泡《すいほう》に帰すのではないか、そして特に、自分の取りくんだ仕事を持ちこたえられず、最後までやりとげる力のなかったことが明らかになるのではないか、という気がした。これが何よりも彼の心を騒がした。一つの穴をなんとかふさぐかふさがぬうちに、思いもかけぬ新しい穴がぽっかりと口を開けるのだった。

この期間を通じて終始、次から次へと、それまで知らなかった父の新しい負債があらわれてきた。明らかに、晩年の父はどこからでも見境なしに借りまくっていたようだった。五月の財産分けのとき、エヴゲーニイはこれでやっとすべてを知ったと思ったものだった。ところが、夏の中ごろ、突然彼は一通の手紙を受けとり、その手紙から、エシーポワという未亡人にさらに一万二千ルーブルの負債のあることがわかった。手形はなく、簡単な借用証があるだけで、弁護士の言葉ではその借用証も裁判で争うことができるという。だが、書類の正当性を裁判で争うことができるというだけの理由で、父の事実上の負債の返済を拒絶する考えなぞ、エヴゲーニイの頭にはうかびえなかった。ただ、それが本当に負債なのかどうかを、確かに突きとめることだけは必要だった。

「ママ！　カレーリヤ・ウラジーミロヴナ・エシーポワって、どういう人？」いつものように昼食の席で顔を合わせたとき、彼は母にきいてみた。

「エシーポワ？　ああ、それはお祖父《じい》さまの養女よ。それがどうかしたの？」

エヴゲーニイは手紙のことを母に話した。

「あきれたわね、よく恥ずかしくもなく。あなたのパパだって、ずいぶんお金をあげたものよ」

「でも、その人に借金してるの？」

「つまり、どう言えばいいかしら？　負債はないのよ、パパが持ち前の限りない善良さで……」

「うん、だけどパパはそれを負債とみなしていたんでしょう？」

「あたしには言えないわ。わからないもの。あたしにわかっているのは、それでなくてもあんたは大変だってことよ」

エヴゲーニイは、マリヤ・パーヴロヴナ自身もどう言えばよいのかわからず、彼に探りを入れているような感じなのに気づいた。

「そうしてみると、払わなけりゃいけないんだね」息子は言った。「明日その人のところへ行って、期限を延ばしてもらえないかどうか、話してみるよ」

「ああ、あんたが気の毒でならないわ。でもね、そのほうがいいわ。待つのが当然だと言っておやりよ」息子の決断に明らかに安心し、誇りに思う様子で、マリヤ・パーヴロヴナが言った。

エヴゲーニイの状態は、いっしょに暮している母親が彼の状態をまるきり理解してくれぬためもあって、とりわけ苦しいものだった。母親はこれまでの一生、潤沢な生活に慣れてきたため、息子のおかれている状態、つまり、いよいよ何一つ手もとに残らず、息子がすべてを売り払って、彼の地位ではせいぜい二千ルーブルを生むのがやっとの役所勤めだけで生活し、母親を養わねばならなくなるといった具合に、今日明日にも事態が落着しかねないという今の状態さえ、想像することができないのだった。この状態を脱するには諸事万端にわたる経費の削減しかありえないことなぞ、彼女にはわからなかったため、なぜエヴゲーニイが、些細《ささい》な出費だの、庭師や馭者《ぎょしゃ》や召使に払う金や、食費さえも、こんなに切りつめるのか、理解することもできなかった。それればかりではなく、大多数の未亡人と同じで、彼女も故人の思い出に対して、生前にいだいていた感情とはおよそ似たところのない敬虔《けいけん》な感情をよせていたので、亡夫のしたことや始めたことが間違っており、改変されることもありうるという考えなぞ、てんから受けつけなかった。

　エヴゲーニイは庭園も、庭師の二人いる温室も、馭者の二人いる厩舎《きゅうしゃ》も、大変な努力で維持していた。一方、マリヤ・パーヴロヴナは、年寄りのコックの作る食事にも、庭園の小道が必ずしも全部掃き清められていないことにも、大勢の召使のかわりに少年が一人いるだけということにも愚痴をこぼさぬことによって、息子のために自分を犠牲にしている母親としてなしうることをすべて、自分はやっているのだと、無邪気に思いこんでいた。だから、エヴゲーニイが自分のすべての事業に対する決定的な一撃にひとしいものを見てとった、この新しい負債にも、マリヤ・パーヴロヴナは、エヴゲーニイの高潔さを示す一つの機会を見いだしたにすぎなかった。マリヤ・パーヴロヴナが、エヴゲーニイの物質的状態をいっこう心配しないのは、さらに、息子が華《はな》やかな縁組をきめて、それがすべてを立て直してくれると確信していたためでもあった。息子ならどんな華やかな縁組でもできるはずだった。彼女は大喜びで娘をくれそうな家庭を十くらい知っていた。そして彼女は、できるだけ早くそれがまとまることを望んでいた。

4

エヴゲーニイ自身、結婚のことは考えていたが、ただ、母とは違うふうにだった。結婚を事業の立て直しの手段にしようという考えは、彼にとってうとましいものだった。結婚は、うしろ指をさされぬよう、愛情によってしたかった。彼はそこらで出会ったり、知り合ったりする娘たちを観察し、彼女たちに自分を当てはめてみたが、運命はなかなか決らなかった。一方、まったく予想しなかったことだが、ステパニーダとの関係はつづいていて、何か固定したものの性格さえ帯びてきた。エヴゲーニイは放蕩《ほうとう》からはおよそ縁遠かったし、この内密の（と彼は感じていた）よからぬことをするのは実に心苦しかったので、どうにもしっくりせず、最初の逢引《あいび》きのあと、今後はふっつりステパニーダに会うまいと心に期したほどだった。だが実際には、しばらくすると、ふたたびあれが原因と思われる落ちつかぬ気持に見舞われた。しかも今度の落ちつかぬ気持は、もはや相手なしのものではなかった。心にうかぶのは、まさしく、きらきらとかがやくあの黒い目であり、『仰山に』と言ったあのハスキーな声であり、何か新鮮な力強いもののあの匂《にお》いであり、前掛けをもりあげるあの豊かな乳房《ちぶさ》であり、鮮烈な陽光のふり注ぐあの胡桃《くるみ》と楓《かえで》の林の中であったすべてのことだった。実にてれくさい話だったが、彼はまたもやダニーラに頼んだ。そしてふたたび正午に森での逢引きが取り決められた。今度はエヴゲーニイは彼女をもっとよく眺《なが》めた。彼女の何もかもが魅力的に思われた。少し話そうと試みて、夫のことをきいてみた。たしかに、夫はミハイラの息子で、モスクワで馭者をしているのだった。

「でもなぜ、どうして君は……」エヴゲーニイは、どうして彼女が浮気をするのかと、たずねたかった。

「どうしてって、なあに？」彼女がきき返した。どうやら利口な、察しのいい女らしかった。

「どうして僕のところへ来てくれるの？」

「あら」彼女は明るく言い放った。「うちの人だって、たぶん、向うで遊んでるでしょ。だったらあたしだって」

明らかに彼女はわざと奔放で大胆なふうを装《よそお》うとしていた。これもエヴゲーニイにはいとしく思われた。それでもやはり彼は自分から逢引きを取り決めようとしなかった。彼女がダニーラに関係なく会おうと提案したときでさえ（彼女はなぜかダニーラに敵意のこもった態度をとるのだった）、エヴゲーニイは同意しなかった。この逢引きが最後になることを期待していたのだ。彼女は彼の気に入っていた。彼は、自分にはこういう付合いが必要であり、これには何一つわるい点はないと思っていた。だが、心の奥底にはもっときびしい裁判官がいて、こんなことを是認せず、これが最後であることを期待していたし、かりに期待していなかったにせよ、少なくとも、この問題にかかわりをもったり、次回のお膳立《ぜんだ》てをしたりすることは望んでいなかった。

こうして夏いっぱいが過ぎてゆき、その間を通じて彼は十遍くらい彼女と会ったが、そのつどダニーラを介してだった。一度、夫が帰ってきたために彼女が来られなくなり、ダニーラがほかの女をすすめたことがあった。エヴゲーニイは嫌悪《けんお》を示して断わった。やがて夫が上京し、逢引きはこれまでどおり、最初はダニーラを介してつづけられたが、やがてもう彼がじかに日時を指定し、彼女はプロホロワという女といっしょに来るようになった。女が一人歩きするわけにはいかないからである。一度、約束した逢引きのちょうどその時間に、マリヤ・パーヴロヴナのところに、彼女がエヴゲーニイにめあわせようとしている娘を連れてその家族が訪れ、エヴゲーニイはどうしてもぬけられなくなった。中座できるようになるとすぐ、彼は打穀場に行くようなふりをして、小道づたいにまわり道して森の中の逢引きの場所に行った。彼女はいなかった。だが、いつもの場所では、手の届く限りのすべてが、ミザクラよし、胡桃よし、太さが杭《くい》ほどの楓の幼木にいたるまで、何もかもがへし折られていた。待っているうちに、彼女が気持をたかぶらせ、腹を立てて、たわむれに、彼に記念を残していったのだった。彼はしばらくたたずみ、立ちつくしてから、ダニーラのところへ彼女を明日よびだしてくれるよう頼みに行った。彼女はやってきたし、いつもと変りなかった。

こうして夏が過ぎた。逢引きはいつも森の中にきめられていたが、一度だけ、もう秋の直前に、裏庭の穀物小屋のことがあった。この関係が自分にとって何らかの意味をもつことなど、エヴゲーニイの頭にもうかばなかった。彼女のことなど、考えもしなかった。金を与えているのだから、それ以上の何もないはずだ。村じゅうでもはやこの話を知って彼女を羨《うらや》んでいることや、彼女の家族が金を取りあげてけしかけていることや、金と家族のあと押しのおかげで、彼女の罪悪感がすっかり消滅したことなど、彼は知らなかったし、考えてもみなかった。彼女にしてみれば、世間の人たちが羨むくらいなら、自分のしていることはいいことなのだ、と思われたのだ。

『健康のために必要なだけなんだ』エヴゲーニイは思った。『かりに、いけないことだとしても、また、だれ一人しゃべらないのに、みんなが、あるいは多くの人が知っているとしても、かまうもんか。彼女がいっしょに連れてくる女は知っている。知っているからには、ほかの連中にも話したにちがいない。しかし、どうすりゃいいんだ？　俺《おれ》はいまわしい行為をしている』エヴゲーニイは思った。『だけど、仕方がないじゃないか、それに一時しのぎなんだし』

エヴゲーニイを困惑させた最大のものは、夫だった。最初のうち彼にはなぜか、彼女の夫が醜男《ぶおとこ》にちがいないという気がしていたし、そのことがある程度、自分の行為を正当化してくれるかのようだった。ところが、実際に夫を見て、彼はびっくりした。ハイカラな美青年で、彼より劣るどころか、おそらくずっといい男だった。その次の逢引きのとき、彼は夫を見たことや、あまり美男子なので見とれてしまったことを、彼女に告げた。

「あれほどの人はほかには村にいないわ」彼女は誇らしげに言った。

これがエヴゲーニイをおどろかせた。それ以来、夫という思いが前にもまして彼を苦しめるようになった。一度ダニーラのところに行くことがあったとき、ダニーラはさんざ話しこんだあげく、ぶっつけに言った。

「ミハイラのやつにこの間きかれましたよ。旦那《だんな》と伜《せがれ》の嫁ができてるってのは、本当かって。知らねえなと言っときましたがね。それから、百姓とくっつくよりゃ旦那とできるほうがいいじゃねえか、と言ってやりましたがね」

「そしたら、どうした？」

「いえ、べつに。今に見てろ、きっと探りだして、あの女《あま》に思い知らしてくれるから、なんて言ってましたっけ」

『夫が帰ってくりゃ、俺だってやめるさ』エヴゲーニイは思った。

だが、夫は町で暮していたので、さしあたり関係はつづいていた。

『必要な時がくりゃ、手を切るさ。それで何一つあと腐れはないんだから』彼は思った。

また彼にはそれが疑う余地のないものに思われた。それというのも、農場の整備だの、片づけだの、建設だの、そして何よりも負債の支払いや荒地の売却など、数多くのさまざまな仕事で、夏じゅうひどく忙しかったからだ。これらすべてては、彼が全身で打ちこみ、寝ても起きても考えつづけている対象だった。これらすべてこそ、本当の生活だった。ステパニーダとの関係は（彼はそれを交際とさえ名づけていなかった）、まったく取るに足らぬ何かにすぎなかった。たしかに、彼女に会いたいという欲望がこみあげてくると、ほかの何も考えられぬほどの力で欲望がわき起るのだが、それは一時《いっとき》つづくだけで、逢引きが成就《じょうじゅ》してしまえば、また一週間でも、時にはひと月でも彼女を忘れていられた。

秋に入ってエヴゲーニイはしばしば町へ行くようになり、そこでアンネンスキイの家族と親しくなった。アンネンスキイ家には、女学校を出たばかりの娘がいた。そして、マリヤ・パーヴロヴナがひどくがっかりしたことに、彼女の言葉を借りるならエヴゲーニイが自分を安売りして、リーザ・アンネンスカヤに熱をあげ、プロポーズするという事態が生じた。

そのとき以来、ステパニーダとの関係は打ち切られた。

5

一人の男が特定の女を選ぶ理由なぞ、決して説明できないものだが、それと同じことで、なぜエヴゲーニイがリーザ・アンネンスカヤを選んだかを、説明することはできない。理由は積極的なものも消極的なものも、無数にあった。彼女がこれまでに母の取り持とうとしたような、きわめて裕福な令嬢ではなかったことも理由の一つだったし、彼女が自分の母親に対してやさしく、思いやりがあったことも、彼女が衆目を惹《ひ》きつける美人でもなければ、不器量でもなかったことも、理由だった。最大の理由は、エヴゲーニイが結婚に適するほど成熟した時期に、彼女との交際がはじまったことだった。結婚すると承知していたからこそ、彼は好きになったのである。

リーザ・アンネンスカヤは、最初のうち単にエヴゲーニイの気に入っていた程度だったが、妻にしようと心にきめると、彼女に対してはるかに強い感情をおぼえるようになり、彼は恋におちたのを感じた。

リーザはほっそりした長身で、細長い身体《からだ》つきだった。彼女の顔も、前に出ずに顔に沿ってのびている鼻も、指も、足の裏も、すべてが細長かった。顔の色は実に繊細で、黄色みをおびた白にやさしく紅《あか》みがさし、長い栗色《くりいろ》の柔らかな髪はウェイブがかかり、美しい、澄みきった、柔和な、信頼しきったような目をしていた。この目が特にエヴゲーニイの心を打った。リーザのことを考えるとき、彼はいつもこの澄みきった、柔和な、信頼しきったような目を眼前に思い描くのだった。

肉体的には彼女はそういう女性だった。彼女の精神的な面については何一つ知らず、その目を思い描くだけだった。彼の知らねばならぬことのすべてを、その目が語っているような気がした。その目のもつ意味はそれほど大きかったのである。

まだ女学生だった十五のころから、リーザはたえず魅力的な男性に片端から熱をあげ、自分も恋されたときだけ生きいきして幸福そうだった。女学校を出てからも、やはり同じように、出会うすべての若い男性に熱をあげていたし、もちろんエヴゲーニイにも、知り合ったとたんに熱をあげた。彼女のこの惚《ほ》れっぽさが、エヴゲーニイをあれほど魅了した一種特別の表情をその目に与えていたのだった。

その冬、彼女は同時に二人の青年に恋をし、彼らが部屋に入ってくるときはおろか、その名が口にされたときにまで、顔を赤らめて、胸をときめかせていた。だが、やがて、エヴゲーニイがどうやら真剣に思《おぼ》し召しを寄せているらしいことを母に仄《ほの》めかされると、エヴゲーニイに対する彼女の熱は一挙につのって、それまでの二人に対してほとんど無関心なくらいになったが、エヴゲーニイが彼女の家や舞踏会や集まりにこまめに顔をだして、ほかの娘たちより彼女と踊ることが多くなり、どうやら彼女が愛してくれているかどうかをもっぱら知りたいと望んでいるらしいことがわかるに及んで、エヴゲーニイに寄せる彼女の恋は何か病的なものになり、夢や、暗い部屋に引きこもる現《うつつ》のときにさえ彼の姿が眼瞼《まぶた》にうかぶようになって、ほかの男性はすべて消え去った。彼がプロポーズし、彼とキスを交わしてみなの祝福を受け、晴れて婚約者になったとき、彼女には、彼以外にほかの思いはなく、彼といっしょになり、彼を愛し、彼に愛されること以外、ほかに望みはなくなった。彼女は彼を誇りに思い、彼に対しても、自分に対しても、自分の愛情に対しても感動し、彼への愛情に身も心もしびれ、とろけるばかりだった。彼のほうも、彼女を深く知れば知るほど、ますます愛するようになった。これほどの愛に出会うことなぞ、まったく予期していなかったし、この愛が彼の感情をいっそう強めてくれるのだった。

6

春がくる前に彼は、領地経営と、そして何よりも結婚のための飾りつけが行われている屋敷とを、見まわって指図《さしず》を与えるため、セミョーノフスコエ村に帰った。

マリヤ・パーヴロヴナは息子の選択に不満だったが、それはもっぱら、この縁組が、ことによると実現していたかもしれぬものほど華《はな》やかではなかったからであり、また未来の嫁の母親であるワルワーラ・アレクセーエヴナが気に入らなかったからだった。嫁の母親が気立てのいい女かわるい女か、彼女は知らなかったし、即断はしなかったが、ちゃんとした女性ではなく、マリヤ・パーヴロヴナに言わせれば、上品な婦人《コミル・フォ》でも、レディでもないことは、初対面で見ぬけたので、それが彼女を悲しませた。悲しんだ理由は、永年の習慣で彼女は上品さというものを高く評価していたし、エヴゲーニイがその点にはきわめて敏感なことも知っていたため、そこから生ずる数多くの悩みをわが子のために予見したからであった。娘のほうは彼女の気に入った。気に入った最大の理由は、その娘がエヴゲーニイの気に入ったことだった。かわいがってやらねばならなかった。マリヤ・パーヴロヴナもその心構えはできていたし、心底からそのつもりでいた。

エヴゲーニイは嬉《うれ》しそうな満足しきった母を見いだした。母は屋敷内のいっさいをお膳立《ぜんだ》てし、自分は息子が新妻を連れてきたらすぐ、旅行に出るつもりでいた。エヴゲーニイはとどまっていてくれるよう説き伏せにかかった。この問題は未解決のままで残された。その晩、例によってお茶のあと、マリヤ・パーヴロヴナはトランプの一人占いをやっていた。エヴゲーニイは坐《すわ》って、助言していた。これはいちばん心を打ち割った会話の時間だった。一回終ると、次のをはじめようとせずに、マリヤ・パーヴロヴナはちらとエヴゲーニイを見て、いくらか口ごもりながら、こんなふうに話を切りだした。

「言っておきたかったことがあるのよ、ジェーニャ（訳注 エヴゲーニィの愛称）。もちろん、あたしにはわからないけれど、一般的な忠告をしておきたかったの。結婚前には必ず独身時代のいろいろな問題を全部、片づけておかなければいけませんよ、あんたにも、それからもちろんお嫁さんには、何一つもう心配ごとが起らないように。あたしの言いたいことをわかってくれるわね？」

そして事実エヴゲーニイは、マリヤ・パーヴロヴナがもう去年の秋から打ち切られているステパニーダとの関係を仄めかしていることや、ひとり身の女性の常で、こうした関係に、それが実際にもつものよりはるかに大きな意味を与えていることを、すぐに理解した。エヴゲーニイは赤くなったが、それは恥ずかしさのためより、むしろ、善良な母が、なるほど愛していればこそだろうが、それでもやはり必要もないところへ、母にはわからぬ、そしてわかるはずもないところへ口出しをしたという腹立ちのためだった。彼は、隠し立てせねばならぬようなことは何もないし、自分はいつも何一つ結婚の妨げになったりせぬよう振舞ってきた、と言った。

「それなら結構だけれど。ねえ、ジェーニャ、気をわるくしないでね」どぎまぎしながら、マリヤ・パーヴロヴナは言った。

だがエヴゲーニイには、母が話を終っていないことや、言おうとしたことをまだ言っていないのがわかった。まさしくそのとおりだった。しばらくしてから母は、彼の留守中にペチニコフの家で赤ん坊の名付親になってくれと頼まれたことを、話しはじめた。

今度エヴゲーニイが真っ赤になったのは、腹立ちのためでもなければ、恥ずかしさのためでさえなく、今から言われることの重大さを意識し、自分の判断とまったく合致せぬ不本意なものを意識する一種奇妙な感情のせいだった。予期したとおりの結果になった。マリヤ・パーヴロヴナは世間話以外、ほかに何の目的ももたぬかのように、今年生れるのは男の子ばかりで、どうやら戦争の前兆らしい、などと語った。ワーシンのところでも、ペチニコフのところでも、若妻が初産《ういざん》で、やはり男の子だという。マリヤ・パーヴロヴナはこれをさりげなく話すつもりだったが、息子の顔の赤らみや、神経質に鼻眼鏡をはずして、ぱちんと閉じたり、またかけたりしているしぐさや、せかせかと煙草《たばこ》を何本も吸っているさまを見て、彼女自身まで気恥ずかしくなった。彼女は口をつぐんだ。彼も黙りこみ、この沈黙を何によって破ればいいのか、思いつかなかった。そのためどちらも、互いに相手の気持を理解したことをさとった。

「そう、何よりも、村では公明正大でなければいけないわ。お祖父《じい》さまを見ならって、お気に入りなんぞいないようにしないとね」

「ママ」だしぬけにエヴゲーニイが言った。「何のつもりでそんな話をするのか、僕にはわかってます。むだな取越し苦労ですよ。僕にとって将来の家庭生活は神聖なものだし、どんなことがあろうと乱すもんですか。独身時代にあったことは全部、すっかり片がついてるんです。僕は一度だって深い関係をもったことはないし、だれも僕に対して何の権利ももってやしませんよ」

「そう、嬉しいわ」母は言った。「あんたの高尚な思想は知っているのよ」

エヴゲーニイは母のこの言葉を、自分に当然ふさわしい贈物として受け、口をつぐんだ。

翌朝、彼はいいなずけや、この世のあらゆるものについて考えながら、ただステパニーダのことだけは考えもせず、町に向った。ところが、まるで思いださせるためにわざと誂《あつら》えたかのように、教会に馬車が近づくにつれて、そこから徒歩や馬車で帰ってくる人々と出会うようになった。マトヴェイ老人とセミョーンにも、百姓たちにも、娘たちにも会った。やがて二人の女に出会った。一人はやや年かさで、もう一人は鮮やかな赤いプラトークをかぶって着飾り、何か馴《な》染《じ》み深い感じだった。女は軽やかにさっそうと歩き、腕に赤ん坊を抱いていた。すれ違うとき、年かさの女は昔のしきたりどおり立ちどまっておじぎしたが、赤ん坊を抱いた若い女は軽く会釈《えしやく》しただけで、プラトークの下からほほえんでいる、馴染み深い快活な目がきらりと光った。

『そう、彼女だ。しかし、すべては終ったんだ、べつに彼女を眺《なが》めることはないさ。でも、あの赤ん坊は、ことによると俺のかもしれないな』ちらとこんな思いが頭にうかんだ。『いや、そんなばかな。亭主が帰ってきたし、彼女も向うへ行ってきたじゃないか』彼は月数を数えようとさえしなかった。あれは健康にとって必要だったのだと、きめてかかっていたからだ。金を払ったのだし、それ以上の何でもない。二人の間には過去にも現在にも何のきずなも存在しないのだし、存在するはずもなく、存在してはならないのだ。彼は良心の声をもみ消したわけではなかった、そうではない、文字通り良心は何も語らなかったのである。そして彼は母との会話や今の出会いのあと、一度として彼女のことを思いださなかった。それに、その後一度も出会わなかった。

聖トマス週（訳注　復活祭後の最初の週）に、エヴゲーニイは町で式をあげ、ただちに新妻を連れて村に帰った。屋敷は、ふつう若夫婦のために飾りつけるしきたりどおりに、飾られていた。マリヤ・パーヴロヴナは旅行に出るつもりだったが、エヴゲーニイと、そして特にリーザが、残っていてくれるよう頼んだ。ただ彼女は離れに移った。

こうしてエヴゲーニイにとって、新しい生活がはじまった。

7

新婚生活の最初の年はエヴゲーニイにとって苦しい一年だった。苦しかった理由は、求婚時代にどうにか一日延ばしにしてきたさまざまの問題が、今、結婚後に何もかも一遍にふりかかってきたからだった。

負債からぬけでるのは不可能なことがわかった。別荘を売って、いちばんうるさい負債は返したものの、相変らず負債は残っており、しかも金はなかった。領地は結構な収入をもたらしたのだが、兄への送金と、披露宴《ひろうえん》の散財とが必要だったため、金はなくなり、工場も動きがとれないので、ストップしなければならなかった。窮地を脱する唯一《ゆいいつ》の手段は、妻の金を使うことだった。リーザは夫の状態を理解し、自分からそれを求めた。エヴゲーニイは同意したが、ただ領地の半分の登記証を妻の名義で作成するという条件付きでだった。彼はそのとおり実行した。もちろん、そのことで気をわるくした妻のためにではなく、妻の母のためにしたのである。

時には成功を、時には失敗をと、さまざまな変化をともなうこれらの仕事が、最初の一年にエヴゲーニイの生活をスポイルした一つだった。もう一つは妻の病気だった。最初のこの年、結婚後七カ月たった秋、リーザの身に災難が起った。町から帰ってくる夫を迎えに彼女が馬車で出かけたところ、おとなしい馬が暴《あば》れだし、彼女は肝をつぶして、とびおりたのだ。跳躍は比較的うまくいったのだが（服を車輪に引っかけるかもしれなかったのだ）、彼女はすでに身重だったので、その夜中に痛みがはじまり、流産して、流産後いつまでも快《よ》くならなかった。待ち望んでいた子供の喪失、妻の病気、それにともなう生活の乱れ、そして何よりもリーザが病気になるとすぐに乗りこんできた姑《しゅうとめ》の存在など、これらすべてがこの一年をエヴゲーニイにとっていっそう辛《つら》いものにした。

だが、こうした困難な事情にもかかわらず、一年目の末ごろにはエヴゲーニイの精神状態はきわめてよくなった。第一、没落した財産を立て直し、祖父時代の生活を新しい形で復活させようという、彼の衷心からの思いが、困難をともないながらも、徐々にでこそあるが、実行に移されつつあった。負債を返すために領地全部を売る話など、今ではもうとうてい考えられなかった。妻の名義に移されたとはいえ、主要な領地は救われたので、もし甜菜《てんさい》の収穫がよく、いい値がついてくれさえしたら、来年までには窮乏と緊張の状態が完全な満足に代るかもしれない。これが一つだった。

もう一つは、たとえ彼が妻にどれほど多くを期待していたとしても、実際に見いだしたようなものを見つけることなど、まったく予期していなかったという点だった。それは彼が期待したものでこそなかったが、はるかにすばらしいものだった。愛し合う男女の喜びと感動は、精いっぱい作りだそうと彼が努めたにもかかわらず、生れなかったし、生れてもきわめてかすかだった。しかし、まったく別のものが生じた。それは、生活がより楽しく快くなるばかりか、楽にさえなるようなものだった。どうしてそうなるのか、彼にはわからなかったが、たしかにそのとおりだった。

それというのも、婚約したとたん彼女が、世界じゅうのあらゆる人の中でエヴゲーニイ・イルチェーニェフ一人がだれよりも高尚で、聡明《そうめい》で、清純で、上品であり、それゆえそのエヴゲーニイの喜ぶことをしてつくすのがあらゆる人の義務であると、きめてかかったからだった。しかし、すべての人にそれをさせるわけにゆかぬ以上、力に応じて彼女自身がそれをしなければならなかった。彼女はそれを実行していたので、彼女のいっさいの精神力が常に、彼の好むものを察し、突きとめ、さらにそれがどんなことであろうと、どんなにむずかしいことであろうと、実行することに注がれていた。

また彼女には、恋をしている女性との交わりの主要な魅力をなすものがあった。夫への愛のおかげで、彼女には、夫の心に対する明察があったのだ。彼の心のあらゆる状態や、彼の感情のあらゆる陰影を、彼女はしばしば彼自身より的確に感じとり、それに応じて行動するように思われたし、したがって決して彼の感情を傷つけることなく、常に辛い感情を和らげ、嬉しい感情を助長するのだった。だが、感情だけではなく、彼の考えをも、彼女は理解した。農業とか、工場とか、人物評価とかいう、およそ縁遠い問題でも、彼女はすぐに理解し、彼の話相手になりえただけではなく、彼自身が告げたとおり、しばしばかけがえのない有益な相談相手にさえなることができた。さまざまな事柄や、人々や、世界じゅうのあらゆることを、彼女は彼の目でしか見なかった。彼女は自分の母を愛していたが、自分たちの生活に対する母の干渉がエヴゲーニイにとって不快な場合が多いことに気づくと、ただちに夫の側につき、それも彼が妻を抑えねばならぬくらい決然とした態度を示した。

そのうえ、彼女には趣味や節度や、そして特に静けさがきわめて豊かだった。何をしても彼女のすることは目立たず、目につくのは仕事の結果だけで、つまり、常にあらゆるものに清潔と秩序と優雅さが感じられた。夫の生活の理想が何であるかをリーザはすぐに理解し、夫の望んでいることを家の秩序や整備にとり入れようと努め、とり入れつつあった。欠けているのは子供だったが、これも希望はあった。冬に二人してペテルブルグの産科医のところに行ってきたのだが、医者は、彼女がまったく健康体であり、子供をもつことができると請け合ってくれた。

そしてこの希望はみのった。その年の終り近く、彼女はふたたび身ごもったのだ。

ただ一つ、二人の幸福をそこねるというほどではないまでも、脅《おび》やかしたものは、彼女の嫉妬《しっと》深さだった。嫉妬深さを彼女は包み隠して、外にあらわさなかったが、そのためにしばしば苦しんでいた。とにかく、エヴゲーニイに釣り合うだけの女性がこの世に存在しないという以上（自分が釣り合っているかどうか、彼女は一度として自分の心にたずねたことはなかった）、彼がだれを愛することもできぬばかりか、同じ理由でどんな女性も彼を愛すような真似《まね》はできないのだった。

8

二人の生活はこんなだった。彼はいつものように朝早く起きて、農場や、製糖の行われている工場や、時には畑を見まわる。十時までにはコーヒーを飲みに戻る。コーヒーはテラスで、マリヤ・パーヴロヴナと、この家に暮している伯父《おじ》と、リーザとで飲んだ。コーヒーを飲みながらの、往々にして非常に活気のある会話のあと、昼食までそれぞれの部屋に引き上げる。昼食は二時だった。そのあと、みんなで散歩に出かけたり、馬車で遠乗りを楽しんだりした。夜、彼が事務所から戻ると、遅いお茶を飲み、時には彼が本を朗読して、彼女が手仕事をしたり、音楽に興じたり、客のあるときは話に花を咲かせることもあった。彼は仕事で旅行に出ると、毎日、手紙を書き、妻からも毎日もらった。時々は彼女がついてゆくこともあり、これはとりわけ楽しかった。彼や彼女の名の日の祝い（訳注 ロシアでは自分の洗礼名と同じ聖者の祭日を祝う）には、客が集まり、妻がみなの楽しいように手ぎわよく万事を取りしきるさまを見るのは、気持のよいものだった。だれもが若く愛くるしい主婦に見とれているのを目にし、耳にすると、それによって妻への愛情がいっそう深まるのだった。何もかも順調に運んでいた。身重の容態も軽かったので、二人とも内心は臆《おく》しながらも、子供をどう育てようかと今から考えはじめていた。養育の方法や手段など、すべてはエヴゲーニイが決め、彼女はひたすら夫の意志を素直にはたすことを願っていた。エヴゲーニイは医学書を山ほど読み、育児学の法則通りに子供を育てる意向だった。もちろん彼女は万事に賛成して、準備をすすめ、夏冬のおくるみを縫い、ゆりかごを支度した。こうして結婚生活二年目と二度目の春が訪れた。

9

聖霊降臨祭の前日だった。リーザは五カ月で、身体《からだ》をいたわっていたとはいえ、快活で、活動的だった。彼女と彼の双方の母親はどちらも、彼女の監督と保護という名目で母屋《おもや》に暮し、皮肉の応酬で彼女を心配させてばかりいた。エヴゲーニイは甜菜《てんさい》の大規模な新しい栽培という農事経営に、とりわけ熱を入れて取りくんでいた。

聖霊降臨祭の前日、リーザは復活祭以来やっていなかった屋敷の大掃除をせねばならぬと思いきめ、床や窓を洗ったり、応接セットや絨毯《じゅうたん》の埃《ほこり》を叩《たた》いたり、カバーをかけたりするのに、女中の手助けとして日雇いの女を二人頼んだ。女たちは早朝から来て、鉄鍋《てつなべ》で湯を沸かし、仕事に取りかかった。二人の女のうち、片方がステパニーダだった。彼女は子供を乳離れさせたばかりで、現在の浮気相手である事務員に頼んで床洗いの仕事をまわしてもらったのだ。新しい奥さまをとっくり拝見したかったのである。ステパニーダは相変らず夫と離れて一人で暮し、かつて薪《たきぎ》拾いにきた彼女を押えこんだダニーラ爺《じい》さんや、そのあと若旦那《わかだんな》と遊んだように、今は事務所の若い者と遊んでいた。若旦那のことなぞまったく念頭になかった。『あの人には今じゃ奥さんがいるもの』彼女は思っていた。『でも若奥さまや、そのお部屋を拝めるなんて光栄だわ。飾りつけがきれいだって話だもの』

エヴゲーニイは子供を抱《かか》えた彼女に出会ったとき以来、姿を見ていなかった。子持ちのため、日雇い仕事には出ていなかったし、彼が村を歩くこともめったになかった。聖霊降臨祭の前日にあたるこの朝、エヴゲーニイは四時すぎに早起きし、燐灰土《りんかいど》を撒《ま》くことにしている休田に出かけるので、女たちがまだ部屋に入ってこずに鍋をかけた暖炉のわきで立ち働いている間に、家を出た。

腹をすかせ、満足しきった楽しい気分で、エヴゲーニイは朝食に戻ってきた。木戸のわきで馬をおり、通りかかった庭師にあずけると、丈《たけ》高い草を鞭《むち》で叩き、よくあることだが一度言った言葉をしきりにくり返しながら、家に向った。彼が何度もくり返していた言葉は、『燐灰土が証明してくれるさ』というのだったが、だれに対して何を証明してくれるのか、彼は知らなかったし、考えてもいなかった。

草原で絨毯の埃を叩いていた。応接セットも運びだされていた。燐灰土が証明してくれるさ。これでこそ主婦ってもんだ。大変な大掃除を思い立ったもんだ。立派な主婦だとも』彼が見つめるとほとんど必ずといってよいくらい、喜びに顔をかがやかせる、白い部屋着姿の彼女をありありと思い描きながら、彼は心に言った。『そうだ、長靴をはき換えなけりゃ。でないと燐灰土が証明しちまうからな、いや、つまり牛糞《ぎゅうふん》肥料の匂《にお》いがするし、奥方さまはああいう身体だからな。ああいう身体とは、どういうわけだ？　そう、彼女の身体の中で今や小さな新しいイルチェーニエフが育っているんだ』彼は思った。『そう、燐灰土が証明するさ』そして自分の考えに微笑しながら、彼は自室の戸口に片足をかけた。

だが、ドアを押す間もないうちに、ドアがひとりでに開き、バケツをさげて出てきた、スカートを端折《はしよ》り、袖《そで》を高々とまくりあげた素足の女と、彼はばったり出くわした。女を通すために彼は道をあけ、女もずりおちたプラトークを濡《ぬ》れた手の甲で直しながら、わきへよけた。

「お先にどうぞ。あなたが通らぬうちは、僕も……」エヴゲーニイは言いかけたが、突然、彼女だと気づいて、立ちすくんだ。

彼女は目に微笑をたたえ、明るく彼を見た。そして、スカートを引きおろすと、戸口から出て行った。

『そんなばかな？　いったい何てこった？　まさか、そんなはずは』彼女に気づいたことを不満に思い、エヴゲーニイは眉《まゆ》をひそめ、蠅《はえ》でも追うように首を振りながら、ひそかにつぶやいた。彼女に気づいたことも、同時にまた、素足の軽やかな力強い歩き方で揺れている彼女の身体や、腕や、肩や、美しいブラウスのひだや、白い腓《ふくらはぎ》をみせて高々と端折られた赤いスカートなどから目を離せなかったことも、彼には不満だった。

『俺《おれ》は何を見つめているんだ』彼女を見まいと目をそらしながら、彼は自分に言った。『そう、とにかくほかの長靴をとりに入らなけりゃ』そして彼は自分の部屋に引き返した。だが、ものの五歩と行かぬうちに、自分でもどうしてかわからぬまま、だれかに命じられでもしたように、もう一度彼女を見ようと、またふり返った。彼女は角を曲ろうとするところだったが、その瞬間やはり彼の方をふり返った。

『ああ、俺は何てことをしてるんだ』心の内で彼は叫んだ。『気をまわすかもしれないぞ。彼女はきっともう、そう思ったにちがいない』

彼は濡れた自分の部屋に入った。年寄りの痩《や》せた別の女がまだ床を洗っていた。エヴゲーニイが汚ない水溜《みずたま》りを爪立《つまだ》ちでまたいで、長靴のおいてある壁ぎわに行き、部屋を出ようとしかけたとき、女も出て行った。

『あの女が出て行って、ステパニーダが来るんだ。一人で』突然、彼の内部で何者かが考えはじめた。

『まったく！　何てことを考えるんだ、俺は何をしているんだ！』彼は長靴をつかんで玄関に走りでると、そこではき換え、身体の埃を払ってから、もう両方の母がコーヒーを飲んでいるテラスに出て行った。リーザはどうやら彼を待っていたらしく、彼と同時に反対側の戸口からテラスに出てきた。

『ああ、もし彼女が知ったら。俺をあれほど正直で、清潔で、純真な人間と思いこんでいる彼女が知ったら！』彼は思った。

リーザはいつものように、顔をかがやかせて彼を迎えた。だが今日の彼女はなぜか特に、蒼《あお》ざめ、黄ばんだ、細長い、ひよわな女に見えた。

10

これまでもたびたびあったように、コーヒーの席では、論理的な脈絡は何一つないのだが、切れ目なくつづくところを見ると、どうやら何かしら関連があるらしい、あの一種特別な女同士の会話が交わされていた。

双方の母親はしきりに皮肉を応酬し、リーザがそれを巧みに受け流していた。

「お帰りになるまでにあなたのお部屋を洗ってしまえなくて、とっても癪《しゃく》だわ」彼女は夫に言った。「すっかり模様替えしようと思うの」

「どうだい、僕の出かけたあと一眠りしたかい？」

「ええ、眠ったわ、気分がいいの」

「こんなやりきれない暑さで、窓が日向《ひなた》に面してるというのに、身重の女が、気分のいいはずはないでしょうに」彼女の母のワルワーラ・アレクセーエヴナが言った。「それにブラインドや日除《ひよ》けもないしね。うちじゃ、いつだって日除けをおろしているのよ」

「だって、ここは十時ごろから日陰になりますからね」マリヤ・パーヴロヴナが言った。

「それだから熱病にもなるんですよ。湿気でね」たった今言ったのとまったく反対のことを話しているのなど気にもとめずに、ワルワーラ・アレクセーエヴナが言った。「わたしの主治医がいつもおっしゃるんですけれど、病人の性格を知らずに病気を診断することは、決してできないそうですわね。その先生にはわかるんですの。なぜって一流のお医者さまですし、わたしどもでは百ルーブルもお払いするくらいですもの。亡《な》くなった主人は医者なんてものを認めませんでしたけれど、わたしのためにならば主人は決して何一つ惜しみませんでしたわ」

「男子たるもの、一人の女性と子供の生活が右腕にかかっているというのに、どうして惜しんだりするものですか……」

「ええ、財産さえあれば、妻は夫に依存しなくともすみますわ。良妻は夫に従うものです」ワルワーラ・アレクセーエヴナが言った。「ただリーザは例の病気のあと、まだひよわすぎて」

「あら、ママ、調子はとてもいいのよ。どうして沸かしたクリームを出さなかったのかしら？」

「わたしはいいのよ。わたしは生でも大丈夫ですよ」

「ワルワーラ・アレクセーエヴナにおうかがいしたのよ。そしたら辞退なさったから」弁解するように、マリヤ・パーヴロヴナが言った。

「いいのよ、今はほしくないの」まるで不快な会話を打ち切るために、寛大に譲歩するような口調で、ワルワーラ・アレクセーエヴナがエヴゲーニイに話しかけた。「いかが、燐灰土を撒いてらしたの？」

リーザがクリームを取りに走った。

「いいのよ、ほしくないから」

「リーザ！　リーザ！　もっと静かに」マリヤ・パーヴロヴナが言った。「あんな活発な動作はあの子には毒ですもの」

「精神の安定さえあれば、何一つ毒じゃございませんよ」この言葉が何の嫌味《いやみ》にもなりえぬことを自分でも承知していながら、まるで何かを仄《ほの》めかすように、ワルワーラ・アレクセーエヴナが言った。

リーザがクリームを持って戻ってきた。エヴゲーニイはコーヒーを飲み、気むずかしげにきいていた。こういう会話には慣れていたが、今日はひときわその無意味さが苛立《いらだ》たしかった。自分の心に生じたことをよく考えてみたかったのに、このくだらぬむだ話がそれを妨げるのだった。コーヒーを十分飲むと、ワルワーラ・アレクセーエヴナは不機嫌《ふきげん》なままで引き上げた。あとにはリーザと、エヴゲーニイと、マリヤ・パーヴロヴナだけが残った。会話もごく他愛ない、楽しいものになった。しかし、愛情にさといリーザは、何かがエヴゲーニイを苦しめているのをすぐに見ぬき、何か不愉快なことがあったのかと、たずねた。彼はこんな質問に対する用意ができていなかったので、べつに何もないと答えながら、いくらか口ごもった。この答えがいっそうリーザを考えこませた。何事かが夫をひどく苦しめているのは、彼女にはミルクに蠅《はえ》が落ちこんだのと同じくらい明白だったのに、夫はそれがいったい何かを話してくれなかったのだ。

11

朝食後、それぞれの部屋に引き上げた。エヴゲーニイは定めた日課通り、書斎に行った。彼は本を読もうとも、手紙を書こうともせず、腰をおろして、考えこみながら、たてつづけに煙草《だばこ》を吸いはじめた。結婚以来すっかり解放されたとばかり思っていた淫《みだ》らな気持が、思いもかけず現われたことが、彼をひどくおどろかせ、嘆かせた。あれ以来一度として、妻に対する以外、よく知っていたあの女に対しても、たとえどんな女に対しても、こんな気持をいだいたことはなかった。心の中でいくたびとなく自分のこうした解放を喜んできたのに、それが突然、こんな些細《ささい》とさえ思えるような偶然が、まだわが身の解放されていないことを彼に示したのだった。今の彼を苦しめていたのは、自分がふたたびこの気持に屈したことでもなければ、彼女を欲していることでもなく――そんなことは考えたくもなかった――そんな気持が自分の心の中にしぶとく生きつづけ、用心深くそれに立ち向わねばならぬことだった。そんな気持を抑えつけることに関しては、心の中に一点の疑念もなかった。

まだ返事を書いていない手紙が一通と、作成せねばならぬ書類とがあった。彼はデスクに向い、仕事に取りかかった。仕事を終え、心を騒がせたものをすっかり忘れて、彼は厩舎《きゆうしや》に行くため、部屋を出た。と、またしても、まるでいやがらせのように、不運な偶然によってか、それともわざとなのか、とにかく彼が表階段に出たとたん、家の角から赤いスカートと赤いプラトークが現われ、両手を大きく振り、身体を揺すりながら、彼のわきを通りすぎて行った。通りすぎただけならともかく、彼女はまるでからかうように、彼を黙殺して走りぬけ、仲間の女に追いついた。

ふたたび、明るい真昼時や、イラクサ、ダニーラの番小屋の裏山、楓《かえで》の木陰で草の葉を噛《か》みながらほほえんでいる彼女の顔、などが想像の中によみがえった。

「いや、こんなことをこのままにしておくわけにはいかん」彼は自分自身に言うと、女たちが見えなくなるのを待って、事務所に行った。

ちょうど昼休みなので、まだ管理人はつかまるだろうと彼は期待していた。そのとおりだった。管理人は目をさましたばかりだった。事務所の中に立って、伸びをしながら、何やら告げる家畜番を眺《なが》めて、あくびをしていた。

「ワシーリイ・ニコラーエウィチ！」

「何のご用でしょう？」

「ちょっと話があるんだけど」

「どんなご用で？」

「まあ用事をすませたまえ」

「運んでこられねえのか？」管理人が家畜番に言った。

「重いんでさあ、ワシーリイ・ニコラーエウィチ」

「どうしたんだい？」エヴゲーニイはたずねた。

「畑で牝牛《めうし》が子を産みましてね。よし、今すぐ馬車を支度するように言うよ。荷馬車でもいいから支度するよう、ニコライ・ルイスーハに言ってこい」

家畜番は出て行った。

「いや、実はね」赤くなり、それを感じながら、エヴゲーニイは切りだした。「実はね、ワシーリイ・ニコラーエウィチ。僕が独身だったころ、ここで罪を作ったんだ……ことによったら、小耳にはさんだかもしれないけど……」

ワシーリイ・ニコラーエウィチは目に微笑をうかべ、明らかに若旦那《わかだんな》に同情する様子で、言った。

「それは、ステパニーダの件で？」

「そうなんだ。そこでね。頼むから、彼女を屋敷の日雇い仕事にとらないでくれないかな。わかるだろう、僕にしてみりゃ実に気色がわるいし……」

「それはきっと、事務員のイワンが手配したんですよ」

「じゃ、頼むよ……で、どうなんだい、残りの分も撒《ま》くのかい？」てれかくしにエヴゲーニイは言った。

「ええ、今から行ってきまさあ」

こうしてこの問題は片づいた。エヴゲーニイは、彼女に会わずに一年もすごしたのだから、今度も大丈夫だろうと期待して、安心した。『そればかりじゃなく、ワシーリイは事務員のイワンに言うだろうし、イワンは彼女に話すだろうから、彼女だって、俺《おれ》がそんなことを望んでいないのをわかるだろう』エヴゲーニイは自分自身に言い、たとえどんなにそれが辛《つら》くとも、恥をしのんで、ワシーリイに言ったのを喜んだ。『そう、あんな疑念より、この恥のほうがよっぽどましだ、ずっといいとも』頭の中で犯したあの罪を思いだすだけで、彼は身体《からだ》がふるえるのだった。

12

恥をしのんでワシーリイに言うために費やした精神的な努力が、エヴゲーニイの心を落ちつかせた。今こそ何もかも終った、という気がした。リーザもすぐに、夫がすっかり冷静になり、ふだんより嬉《うれ》しそうにさえなったことに、気づいた。『きっと、母親同士のいがみ合いが情けなくなったんだわ。実際、年がら年じゅうあんな敵意にみちた、品のわるい嫌味をきかされるなんて、辛いことだもの、特にあの人は感受性が強くて、上品なんだし』リーザは思った。

翌日は聖霊降臨祭だった。すばらしい天気で、農婦たちはしきたりどおり、花輪を編みに森へ行く途中、地主屋敷に寄って、歌や踊りをはじめた。マリヤ・パーヴロヴナとワルワーラ・アレクセーエヴナは晴着に身を飾り、日傘《ひがさ》を持って表階段に出てゆき、輪舞のそばに行った。この夏エヴゲーニイのところで暮している、皮膚のたるんだ道楽者で飲み助の伯父《おじ》も、南京木綿《ナンキンもめん》のフロック姿で、いっしょに出て行った。

例によって、若い女や娘たちの色とりどりの華《はな》やかな輪がいちばん中心にあり、それを囲んでさまざまな方角から、ちょうどそこから分離し、それにつれて回転する惑星と衛星さながらに、時には娘たちが手を組み合い、新しい更紗《さらさ》の長衣《カフタン》の音をさせながら、時には若い男たちがなぜか鼻を鳴らして、互いに追いかけ合うように前やうしろに走りながら、時には青や黒の半外套《がいとう》にハンチング、赤いルバーシカという服装の大人たちが、のべつヒマワリの種の殻を吐き捨てながら、時には輪舞を遠巻きに眺めている召使や野次馬たちが、それに加わった。大奥さまは二人とも輪のすぐそばまで近づき、紺色のドレスに同じようなリボンを頭に飾ったリーザも、そのあとにつづいた。ゆったりした袖口《そでぐち》から、肘《ひじ》のごつごつした細長い白い腕が見えていた。

　エヴゲーニイは出ていきたくなかったが、隠れているのもおかしかった。彼も煙草をくわえて表階段に出てゆき、男衆や百姓たちとあいさつを交わして、その中の一人と話しだした。一方、女たちは声を限りに踊りの歌をわめきたて、指を鳴らし、手を叩《たた》いて、踊っていた。

「奥さまがよんでらっしゃいます」妻の呼び声が耳に入らなかったエヴゲーニイに歩みよって、従僕が言った。リーザは踊りや、踊っている女たちの中で特に気に入った一人を見るよう、彼をよんだのだった。それがステパニーダだった。黄色いカフタンに、ビロードの袖なしを重ね、絹のプラトークをかぶった彼女は、おおらかで、エネルギッシュで、頰《ほお》を赤く染め、楽しそうだった。きっと、彼女の踊りは上手なのだろう。彼には何一つ目に入らなかった。

「うん、うん」鼻眼鏡をかけたり、はずしたりしながら、彼は言った。「うん、そうだね」彼は言った。『してみると、俺は彼女から逃れられないんだ』彼は思った。

　彼女の魅力がこわかったので、彼女を見ぬようにしていたが、まさしくそのために、彼女の容姿のうちでちらと目に映ったものが、彼にはとりわけ魅力的に思われた。それだけではなく、きらりと光った彼女の眼差《まなざ》しから、彼女が彼の姿を目にし、彼が見とれているのに気づいたことまでわかった。彼は礼儀上必要とされるだけ付き合っていたが、ワルワーラ・アレクセーエヴナが彼女をよび招き、偽善的なきぎぐるしい口調で、かわいらしい人などとよびながら何やら話しているのを見て、向きを変え、その場を離れた。彼はそこを離れて、家の中に戻った。彼女を見ないために立ち去ったのだったが、二階に上がるなり、彼は自分でもなぜかわからぬまま、窓に歩みより、女たちが表階段のわきにいる間ずっと、窓辺に立って眺め、彼女を見つめ、その姿に酔っていた。

だれにも見とがめられぬうちに、彼は下に駆けおりると、静かな足どりでバルコニーに出てゆき、バルコニーで煙草に火をつけ、散歩でもするかのように、庭に出て、彼女の歩み去った方に向った。並木道をものの二歩と歩かぬうちに、木立の向うに、黄色いカフタンに重ねたビロードの袖なしと、赤いプラトークがちらと見えた。彼女はもう一人の女とどこかへ行くところだった。『どこかへ行くところなんだ』と、突然、心臓をわしづかみされたように、はげしい欲情が全身を灼《や》いた。エヴゲーニイはまるでだれか他人の意志によるみたいに、あたりを見まわし、彼女の方に歩きだした。

「エヴゲーニイ・イワーヌイチ、エヴゲーニイ・イワーヌイチ、旦那さまにちょっとお願いが……」背後で声がした。エヴゲーニイは彼の家の井戸を掘ってくれたサモーヒン老人の姿に気づいて、われに返り、急いで向きを変えると、サモーヒンのところに行った。老人と話しながら、彼は横に向きを変え、彼女ともう一人の女がどうやら井戸のところか、あるいは井戸へ行くという口実で、下におりてゆき、そのあとしばらくそこにいてから、輪舞の方に駆け戻るのを目にした。

13

サモーヒンとしばらく話したあと、エヴゲーニイはまるで罪を犯したように、打ちしおれて家に戻った。第一、彼女は彼の気持を理解し、彼が会いたがっていると思ったし、彼女もそれを望んでいるのだ。第二に、もう一人の女は、アンナ・プロホロワだが、明らかにこのことを知っているらしい。

何よりいやなのは、自分が打ち負かされ、自分には意志がなく、自分を動かすほかの力が存在すると、感じたことだった。今日、救われたのは僥倖《ぎょうこう》にすぎず、今日でなければ明日か明後日《あさって》、自分はどのみち破滅すると感じたことだった。

『そう、破滅するんだ』このことはほかに理解しようがなかった。『みんなの目の前で、村の女とくっついて、愛してくれている若い妻を裏切るなんて、これが破滅ではないだろうか、そのあともう生きていくわけにゆかぬほど恐ろしい破滅ではないか。いけない、なんとか手を打たなければ』

『困った、実に困った！　どうすればいいんだろう？　何か手を打てないものか？　ほんとに俺はこのまま破滅するんだろうか？』彼は自分自身に言った。『何か手を打てないものか？　そう、なんとかしなければ。彼女のことを考えちゃいけないんだ』彼は自分自身に命じた。『考えるな！』そのくせ、すぐに彼は考えはじめ、眼前に彼女の面影を見、楓《かえで》の木陰を見るのだった。

治療するため女の身体に手をあてねばならなくなった隠者が、女への誘惑から身を守るため、もう一方の手をかまどにのせて、指を焼いたという、前に読んだ話を、彼は思いだした。彼はそれを思い起した。『そう、俺だって破滅するよりは、指を焼く覚悟をするほうがましだ』そして彼は、部屋にだれもいないことを見まわし、マッチをすると、指を焔《ほのお》の中にさし入れた。『さあ、今こそ彼女のことを考えるがいい』彼は皮肉たっぷりに自分自身によびかけた。苦痛になった。彼は煙でいぶった指を引っこめ、マッチを投げ捨てて、自分で自分をあざ笑った。『なんてばかな。必要なのはこんなことじゃない。彼女を見ずにすむよう、手を打つことが必要なんだ。俺自身が旅に出るなり、彼女を遠ざけるなりすることだ、そうだ、遠ざけよう！　彼女の亭主に金をやって、町なりほかの村なりへ去ってもらうことだ。みながそれを嗅《か》ぎつけて、噂《うわさ》することとだろう。でも、いいさ、この危険よりずっとましだ。そう、ぜひこれはやらなけりゃいけない』彼は心の内で言い、なおも目を離さずに、彼女を見つめていた。

『彼女はどこへ行ったのだろう？』だしぬけに彼は自分自身にたずねた。気のせいか、彼女は窓のそばにいる彼に気づいたらしく、今度はちらと彼を眺《なが》めてから、どこかの女と手をとり合い、さっそうと片手をふりながら、庭に向った。自分でも理由や動機のわからぬまま、すべて自分の考えのために、彼は事務所に行った。

よそ行きのフロックを着こみ、ポマードで髪を撫《な》でつけたワシーリイ・ニコラーエウィチは、妻や、厚い襟巻《えりまき》をした女客といっしょにコーヒーを囲んでいた。

「ちょっと話をしたいんだけど、ワシーリイ・ニコラーエウィチ」

「いいですとも。どうぞ。お茶は終りましたから」

「いや、いっしょに来てくれるほうがありがたいな」

「今すぐ行きます。ちょいと帽子を取ってこさせてください。おい、ターニャ、サモワールをしまえよ」陽気に出てきながら、ワシーリイ・ニコラーエウィチが言った。

エヴゲーニイには、相手が一杯機嫌《きげん》のように思われたが、仕方がない、ことによるとかえって好都合かもしれないし、より同情的に彼の身になってくれるかもしれない。

「実はね、ワシーリイ・ニコラーエウィチ、また例の話なんだ」エヴゲーニイは言った。「あの女のことだけど」

「それがどうしました。絶対に雇うなと言っときましたけど」

「いや、そうじゃないんだ、ざっとこんなことを考えてるんで、それを相談したいと思ってね。あの連中を追い払うわけにはいかないかな、家族ぐるみ追い払うわけには？」

「追い払うって、どこへです？」エヴゲーニイの気のせいか、ワシーリイは不満顔であざけるように言った。

「そう、金なり、コルトフスコエの地所なりやろうと思ったんだがね。あの女さえここにいなくなりゃいいんだよ」

「どうして追い払えますか？　根なし草でどこへ行けるっていうんです？　それに、何のためにそんな？　あの女が邪魔なんですか？」

「ああ、ワシーリイ・ニコラーエウィチ、わかってくれよ、妻がこれを知ったらどんなに恐ろしいことか」

「だれが奥さまに告げ口するんです？」

「しかし、こんなにびくびくしながら、どうして生きていかれるね？　それに大体、やりきれないよ」

「それにしても何を心配してらっしゃるんです、実際？　昔のことを思いだすやつなんぞ、目の玉をくりぬいてやりまさあね。行い清ければ、心もまた清し、と言うじゃありませんか？」

「やはり追い払えりゃ、そのほうがいいな。亭主と話してみるわけにいかんかね？」

「話にもなりませんよ。ああ、エヴゲーニイ・イワーノウィチ、どうなすったんです？　万事すんだことで、忘れられてますよ。いろいろなことがありますからね。今時どこのどいつが旦那《だんな》さまに関して、けしからぬことを言えますか？　旦那さまはガラス張りですからね」

「でも、やはり話してくれないか」

「いいでしょう、話してみます」

こんなことをしても何の結果も生れぬと、今からわかってはいたものの、この会話はエヴゲーニイの気持をいくらか静めてくれた。何より彼は、興奮のあまり危険を誇張したことを感じていた。

いったい自分が彼女との逢引《あいびき》にでも行ったというのだろうか？　そんなことは不可能だ。彼はただ庭を散歩しに行って、そこへたまたま彼女が走り出てきただけのことなのだ。

14

同じこの聖霊降臨祭の日、昼食後、リーザが庭を散歩していて、クローバーを見せるために夫が連れて行ってくれた草原に出ようとしたとき、小さな溝《みぞ》を渡ろうとして、足を踏みはずし、倒れた。横向きにふんわり倒れたのだったが、あっと呻《うめ》き声をあげ、その顔に夫は怯《おび》えだけではなく苦痛の色さえ見いだした。彼は抱き起そうとしたが、妻はその手をしりぞけた。

「だめ、少し待って、エヴゲーニイ」弱々しく微笑し、気のせいかすまなそうな顔で下から彼を見上げながら、彼女は言った。「足をくじいただけよ」

「だからいつも言ってるでしょうに」ワルワーラ・アレクセーエヴナが言いだした。「こんな身体《からだ》のときに溝をとびこえるなんて話がありますか？」

「ううん、ママ、大丈夫よ。すぐに起きるわ」

彼女は夫の助けを借りて立ち上がったが、そのとたん真っ青になり、その顔に怯えの色があらわれた。

「そうね、気分がわるいわ」そして彼女は母親に何やら耳打ちした。

「まあ、大変、何てことをしてくれたんでしょう！　歩いちゃいけないと言ってたでしょうに」ワルワーラ・アレクセーエヴナが叫んだ。「待ってらっしゃい、人をよこしますから。その子を歩かせちゃいけませんよ。運んで行かなければ」

「こわくないかい、リーザ？　僕が抱いてってやるよ」左手を彼女の身体にまわして、エヴゲーニイが言った。「僕の頸《くび》を両手でかかえるんだ。そうそう」

こう言って彼は身をかがめると、右手で彼女の足をかかえて抱き上げた。妻の顔にあらわれた、苦しげな、と同時に幸福そうな表情を、彼はその後決して忘れることができなかった。

「重いでしょう、あなた」にっこりして、彼女が言った。

「ママが走って行くわ、教えてあげて！」

そして彼女は身を寄せ、キスした。どうやら、夫に抱いていってもらうところを母にも見せたいらしかった。

エヴゲーニイは、ワルワーラ・アレクセーエヴナが急いだりせぬよう、自分が抱いていくからと叫んだ。ワルワーラ・アレクセーエヴナは立ちどまり、いっそうすごい剣幕で叫びだした。

「落しますよ、落すにきまってます。その子の身体をだめにしたいんですか。あなたには良心てものがないのね」

「いや、立派に運んでみせますよ」

「あなたがわたしの娘を苦しめているところなんぞ、見たくありません、見ていられますか」こう言うと彼女は、並木道の角を曲って走り去った。

「大丈夫よ、すぐに直るわ」ほほえみながら、リーザが言った。

「この前みたいに、わるい結果がなければいいがね」

「ううん、そのことじゃないの。それは大丈夫よ。あたしの言ってるのはママのこと。疲れたでしょう、少し休んだら」

しかし、苦しくはあったが、エヴゲーニイは誇らしい喜びを味わいながら、この重い荷物を家まで運び、ワルワーラ・アレクセーエヴナが見つけて出迎えによこした小間使とコックにも妻を渡さなかった。彼は寝室まで妻を運び、ベッドの上においた。

「じゃ、あっちへいらして」彼女は言って、夫の手を引きよせ、キスした。「あとはアンヌシカとやりますから」

マリヤ・パーヴロヴナも離れから駆けつけた。リーザの服をぬがせ、ベッドに寝かせた。エヴゲーニイは本を手にして客間に坐《すわ》り、待った。ワルワーラ・アレクセーエヴナがわきを通りぬけたが、恐ろしくなったほど非難がましい陰鬱《いんうつ》な顔つきをしていた。

「どうですか？」彼はたずねた。

「どうですか、ですって？　何もきくことはないでしょ？　あなたが妻に溝をとび越させるときに、きっと望んでいたとおりのことになりましたよ」

「ワルワーラ・アレクセーエヴナ！」彼は叫んだ。「それはききずてなりませんね。もしあなたが他人を苦しめて、そこの生活をめちゃめちゃにしたいんでしたら」どこかほかのところへ行ってください、と言おうとしたのだが、我慢した。「よくそれで心が痛みませんね？」

「今では手おくれですよ」

そして彼女は勝ち誇ったように頭巾《ずきん》を一振りすると、戸口に入って行った。

事実、転倒はよくなかった。足を不器用にくじいたうえ、またもや流産する危険があった。何一つ手の施しようがなく、ただ安静に寝ていなければならぬことは、だれもが承知していたが、それでも医者をよびにやることにきめた。

『深く尊敬するニコライ・セミョーノウィチ』エヴゲーニイは医者に手紙を書いた。

『かねてわたくしどもに対してたいそうご親切にしていただいておりますので、妻を助けにいらしてくださることをお断わりなさいませぬよう、期待しております。妻は……』云々《うんぬん》という文面だった。手紙を書き終えると、馬と馬車の手配をしに厩舎《きゆうしや》へ行った。迎えの馬と送りの馬をそれぞれ用意する必要があった。経営が潤沢でないところでは、何もかもをすぐに整えるわけにゆかず、よく考えなければならないのだ。すべてを自分で解決し、馭者《ぎよしや》を送りだしてから、九時すぎに家に戻った。妻は床についており、気分は上々でどこも痛くないと告げた。しかし、ワルワーラ・アレクセーエヴナは楽譜でリーザから光を遮《さえぎ》ったランプの前に坐り、あんなことのあったあとでは和解はありえないとはっきり告げるような顔つきで、赤い大きな毛布を編んでいる。だれが何をしようと、少なくともわたしは自分の務めをはたしたんですからね、と言いたげだった。

エヴゲーニイにはそれがわかったが、気づかぬふりをするため、明るい屈託ない様子をして、馬をかき集めたことや、牝馬のカヴーシカが左の副馬《そえうま》にぴったりだったことを話してきかせた。

「そう、もちろん、馬を馴《な》らすにはうってつけのときですわね、お医者さまの助けが必要な場合ですもの。きっと、お医者さまも溝にふり落されることでしょうよ」鼻眼鏡の下から編物を眺め、それをランプの真下に引きよせながら、ワルワーラ・アレクセーエヴナが言った。

「だって、なんとかして迎えの馬車を出さなけりゃならなかったんですからね。僕は精いっぱいの手を打ったんですよ」

「ええ、お宅の馬が車寄せの下まですごい勢いで運んでくれたことは、とてもよくおぼえてますよ」

これは前まえから彼女の口にする作りごとだった。そのため今もエヴゲーニイはついうっかり、それが必ずしも事実通りではないことを言ってしまった。

「わたしはそれなりの理由があって常日ごろから言ってるんですし、公爵《こうしゃく》にも何遍言ったかしれませんけど、不正直な、誠実のない人たちといっしょに暮すのは、いちばんやりきれないもんですよ。わたしはどんなことでも辛抱しますけど、それだけはごめんだわ」

「だれがいちばん辛《つら》いかといったら、それはきっと僕でしょうよ」エヴゲーニイは言った。

「そりゃそうでしょうとも」

「どうしてです?」

「いえべつに、わたしは編目を数えているんですよ」

エヴゲーニイはこのときベッドのわきに立っていたので、リーザは彼を見つめ、毛布の上にのせている、しっとり汗ばんだ片方の手で夫の手をとり、握りしめた。『あたしのために我慢して。母だってあたしたちが愛し合うのを邪魔はしないわ』彼女の眼差《まなざ》しはこう語っていた。

「言わないよ。どうってことないさ」彼はささやき、妻のしっとりした長い手と、それから愛くるしい目にキスした。その目は彼がキスしている間、閉じられていた。

「ほんとに、またかい?」彼は言った。「感じはどうなんだ?」

「間違わないように言うのはこわいけど、感じでは、赤ちゃんは生きてるし、大丈夫そうよ」腹部を眺めながら、彼女は言った。

「ああ、こわいね、考えるのもこわいよ」

部屋に引き上げてくれというリーザの懇望にもかかわらず、エヴゲーニイは片目だけでまどろみ、妻につくす覚悟で、妻のわきで一夜をすごした。しかし、妻は一夜を気分よくすごし、もし医者を迎えにやってなければ、たぶん起きだしてきたにちがいなかった。

昼食までには医者も来て、もちろん、もう一度こんなことがあれば危懼《きく》をよびかねないけれど、正直のところ、確定的な徴候はないし、かといって反対の徴候もない以上、一方も考えられるし、また反対の場合も考えられる、と言った。だから安静にしていなければいけないし、わたしは薬を処方するのは嫌《きら》いだけれど、やはりこれを服用して静養していなさい、ということだった。そればかりか、医者はそのうえさらにワルワーラ・アレクセーエヴナに女性の身体構造の講釈までし、それをききながらワルワーラ・アレクセーエヴナは意味ありげにうなずいていた。いつものとおり、掌《てのひら》のいちばん奥に隠すようにして謝礼を受けとると、医者は帰ってゆき、病人は一週間ほどそのまま安静に寝ていることになった。

15

大部分の時間をエヴゲーニイは妻のベッドのわきですごし、彼女につくしてやり、話をし、いっしょに本を読み、これがいちばん辛《つら》いことだったが、ワルワーラ・アレクセーエヴナの攻撃を文句一つ言わずに堪《た》え忍び、その攻撃から冗談の種をひねりだすことさえできた。

だが、家にこもりきっているわけにはいかなかった。第一、妻が、のべつ自分に付き添っていたりしたら病気になってしまうと言って、追いたてたし、第二に領地経営が、ことごとに彼の立会いを必要とするような具合に運んでいた。家にこもっていられずに、彼は畑や、森や、庭園や、打穀場などに行ったが、どこへ行っても、考えだけではなく、ステパニーダの面影までが執拗《しつよう》に付きまとい、彼女を忘れていられるのはごく時たまにすぎなかった。しかし、それだけならべつにどうということもなかったかもしれない。おそらく彼とてそんな気持を克服することはできただろう。だが、何よりいけないのは、これまで彼女に会わずに何カ月もすごしてきたのに、今やのべつ彼女の姿が目に入り、出会うことだった。明らかに彼女は、彼がよりを戻したがっているのをさとって、目につくように努めているらしかった。彼も彼女も何一つ言ったわけではないから、どちらもまっすぐ逢引きにおもむいたりはせず、もっぱら偶然に落ち合うよう努力していた。

落ち合うことのできる場所は、女たちが牛の餌《えさ》にする草をとりに袋をかついでかよっている森の中だった。エヴゲーニイはそれを知っていたので、ほとんど毎日その森のわきを通った。行かないぞと毎日自分に言いきかせるのだが、結局は毎日森に足を向け、話し声をききつけて、茂みのかげに立ちどまり、胸をどきどきさせながら、彼女ではないかとのぞいていた。

なぜそれが彼女かどうかを知る必要があったのだろう？　彼にはわからなかった。

かりにそれが彼女で、しかも一人きりだとしたら、彼はそばに行ったりせず（彼はそう思っていた）、逃げだしたにちがいない。それでも彼女の姿を見ずにはいられなかった。一度、出会ったことがあった。彼が森に入って行こうとしたとき、ちょうど彼女がほかの二人の女といっしょに、草のいっぱい入った重い袋を背中にかついで森から出てきたのだ。もう少し早ければ、おそらく森の中で出くわしたことだろう。今となっては彼女とて、ほかの女たちの見ている前で、森の中の彼のところへ引き返すことはできなかった。だが、その不可能さを自覚しながらも、彼はほかの女たちの注意をわが身に惹《ひ》きつける危険を冒しながら、ハシバミの茂みのかげに永いことたたずんでいた。もちろん、彼女は戻ってこなかったが、彼はいつまでもそこに立ちつくしていた。そして、何ということだろう、彼の想像力は限りない魅力をこめて彼女の姿を描きだすのだった。しかも、これがたった一度ではなく、五度目か六度目のことなのだ。時がたつにつれて、ますます思いはつのるばかりだった。彼女がこれほど魅力的に思えたことは、これまでに一度もなかった。魅力的などというものではなく、彼女がこれほど完全に心を捉《とら》えたのは、かつてないことだった。

彼は自制心を失って、ほとんど狂人にひとしくなったのを感じていた。自己に対するきびしさはいささかも弱まっていなかった。むしろ反対に、彼には自分の欲望や行為の汚《けが》らわしさが（なぜなら森をうろつきまわるのは一つの行為だったから）、すべてわかっていた。どこかで近々と、できるなら暗いところで彼女と出くわし、その身体《からだ》に手を触れただけで、自分の感情に負けてしまうことを、彼は知っていた。自分を引きとめているのが、世間の人たちや、彼女や、自分自身に対する恥ずかしさにすぎぬことも、知っていた。そして、その恥ずかしさが目立たぬような条件――つまり暗闇《くらやみ》とか、あるいは動物的な欲情で恥ずかしさがかき消されてしまうような接触とかを、自分が探し求めていることも、知っていた。だから、自分が汚らわしい犯罪者にほかならぬことも知っていたし、心のあらゆる力で自己を軽蔑《けいべつ》もし、憎みもした。自分を憎んだのは、いまだに負けてしまわないからだった。毎日彼は、意志が強くなるよう、神が破滅から救ってくれるよう、神に祈り、今後は一歩も踏みだすまい、彼女の方なぞふりむかずに忘れてしまおうと、決心するのだった。この誘惑から逃れる手段を毎日考えだし、その手段を用いてみた。

しかし、すべてむだだった。

手段の一つは絶えまない仕事だった。もう一つは肉体労働の強化と精進だった。もう一つは、妻や、妻の母や、世間の人たちなど、だれもがこのことを知ったとき、彼の上にふりかかる恥をまざまざと想像することだった。彼はこれをすべてやってみた。

自分が打《う》ち克《か》つような気がした。だが、かつての逢引《あいび》きの時間であり、草刈りに行った彼女と出会った時間である真昼時になると、彼は森へ出かけて行った。

こうして苦しい五日間がすぎた。彼女の姿を遠くから見かけただけで、一度も落ち合うことはできなかった。

16

リーザは徐々に回復して、歩けるようになったが、夫に生じた、彼女には理解できぬ変化を心配していた。

ワルワーラ・アレクセーエヴナが一時引き上げたので、よその人間で滞在しているのは伯父《おじ》だけだった。マリヤ・パーヴロヴナは例によって家にいた。

エヴゲーニイがこんな半狂乱の状態におちいっていたときに、六月の雷のあとしばしばあることだが、六月の豪雨が二日も降りつづくという出来事が起った。豪雨はあらゆる人から仕事を奪った。牛糞《ぎゅうふん》肥料さえ、雨と泥濘《でいねい》のために運ぶのをあきらめた。百姓たちはそれぞれの家にこもっていた。牧夫たちは家畜相手にひと苦労した末、やっと家に連れ戻った。牝牛《めうし》や羊たちは放牧道を歩きまわって、屋敷内のあちこちに散ってしまった。女たちがプラトークをかぶり、裸足《はだし》でぬかるみをぴちゃぴちゃ踏みながら、ちらばった牛を探しに走った。いたるところ道の両側を流れが走り、木の葉も草もすべてが水をいっぱいにはらみ、樋《とい》から小川が泡立《あわだ》っている水溜《みずたま》りへ静まることなく流れこんでいた。エヴゲーニイは、今日はとりわけ淋《さび》しそうな妻と、わが家に坐っていた。彼女は何度かエヴゲーニイに不満の原因を問いただしにかかったが、彼はべつに何もないと腹立たしげに答えるだけだった。そのため彼女はきくのをやめたが、悲しい思いをした。

彼らは朝食のあと客間に坐っていた。伯父がもう耳にたこのできるほどきかされた、上流社会の知人たちに関するでたらめを話していた。リーザはジャケットを編み、天候と腰の痛みを嘆いてこぼしながら、溜息《ためいき》をついていた。伯父が寝るようにすすめ、自分はぶどう酒を所望した。エヴゲーニイは家にいるのがひどく退屈だった。何もかも弱々しく、気のめいるものばかりだった。本を読み、煙草《たばこ》をふかしていたが、何も頭に入らなかった。

「そうだ、種子擦り器《チョールカ》（訳注　クローバーの種子を抜きとる機械）を見に行ってこなけりゃ。昨日届いたんだよ」彼は言った。立ちあがって、歩きだした。

「傘《かさ》をお持ちになって」

「いや、いいよ、皮ジャンパーがあるから、それに製糖所までだしね」

彼は長靴をはき、皮ジャンパーを着て、工場に向った。だが、ものの二十歩と行かぬうちに、向うから、白い腓《ふくらはぎ》を見せて高々とスカートを端折《はしょ》った彼女がやってきた。彼女は頭と肩をすっぽりくるんだショールを両手で押えながら、歩いてきた。「どうした？」最初の一瞬、彼女と気づかずに、彼はたずねた。気づいたときは、すでに遅かった。彼女は立ちどまり、ほほえみながら、まじまじと彼を見つめた。「仔牛《こうし》を探してるんです。こんなひどいお天気にどちらへ？」まるで毎日会っているような口調で、彼女が言った。

「小屋へ来いよ」突然、自分でもどうしてかわからぬうちに、彼は言った。まるで彼の内部からだれか別の人間がこの言葉を言ったみたいだった。

彼女はプラトークを嚙《か》んで、目でうなずくと、今まで歩いてきたそのままの方角で、庭にある小屋をさして走り去った。彼はライラックの茂みを曲って、同じところへ行くつもりで、そのまま先にすすんだ。

「旦那《だんな》さま」背後で声がした。「奥さまがおよびです、ちょっと寄っていただきたいということですが」

それは彼らの従僕ミーシャだった。

『助かった、お前が俺《おれ》を救ってくれるのはこれで二度目だ』エヴゲーニイは思い、すぐに引き返した。妻は、彼が昼に病気の女に薬を持って行ってやると約束したことを思いださせ、薬を持って行くよう頼んだ。

薬を支度している間に、五分ほどすぎた。それから薬を持って出たが、彼は家から姿を見られはせぬかと、小屋へ行く決心がつかなかった。しかし、視界から脱するやいなや、向きを変えて、小屋に行った。彼はもはや脳裡《のうり》に、小屋の真ん中で明るくほほえんでいる彼女の姿を思い描いていた。だが、彼女はいなかった。小屋には彼女がいたことを証明するようなものは何一つなかった。彼はもう、彼女が来なかったのだ、彼の言葉が耳に入らず、理解できなかったのだ、と思った。彼女にきこえるのを恐れるかのように、彼は口の中でつぶやいたのだった。『それとも、ひょっとしたら、来る気がなかったのかもしれないな？　いったいどういうわけで、彼女がいそいそととんでくるなんて、考えたんだろう？　彼女には夫がいるんだぞ。妻が、それもきれいな妻がありながら、人の女を追いまわすなんて破廉恥《はれんち》な男は、俺一人だけだ』一個所で雨が漏り、藁《わら》から水滴の落ちている小屋の中に腰をおろしたまま、彼はそう思った。『でも、もし彼女が来てくれてたら、どんなに幸せだったろう。この雨の中に、ここで二人きりなんだ。せめてもう一度だけ彼女を抱ければな、そうなりゃあとはどうとでもなれだ。あ、そうか』彼は思いついた。『もし来たのなら、足跡で見つけられるな』彼は、小屋まで設けられた、草の茂っていない小道の土を眺めた。そこには素足の、それも滑《すべ》った真新しい足跡がついていた。『そうか、彼女は来てくれたんだ。しかし、こうなればもうおしまいだ。これからはどこで見かけようと、まっすぐ彼女のところに行ってしまうだろう。夜ふけに彼女のところに忍んで行こう』彼は永いこと小屋の中に坐《すわ》りつづけ、疲れはて打ちのめされて小屋を出た。薬を届けて、家に戻ると、妻は昼食を待ちながら、自分の部屋で横になっていた。

17

昼食の前にリーザが部屋にやってきて、夫の不満の原因になりうるようなことをすべて思い起しながら、お産にモスクワへ連れて行こうとしているのが夫には不愉快なのではないかと案じていることや、ここにとどまろうと決心したことを、話しはじめた。絶対にモスクワへは行かない、という。妻が出産そのものも、そして変な子を産むことをもひどく恐れているのを彼は知っていたので、彼女が夫への愛情からすべてを実にあっさりと犠牲にしたのを見て、感動せずにはいられなかった。家の中のすべてが実にすばらしく、喜ばしく、清らかだったのに、彼の心の中は不潔で、いやらしく、恐ろしかった。宵《よい》のうちずっとエヴゲーニイは、自己の弱点に対する心底からの嫌悪《けんお》や、思いを断ち切ろうという固い意図にもかかわらず、明日はそっくり同じことのくり返しになるのが自分でもわかっていることで、悩んでいた。

「いかん、こんなことは不可能だ」部屋の中を行ったり来たりしながら、彼は自分自身に言った。「これを抑える何らかの手段を作らなければ。ああ！　どうすればいいのだろう？」

だれかが外国式にドアをノックした。それが伯父であることは、わかっていた。

「どうぞ」彼は言った。

伯父は妻の使者として自発的にやってきたのだった。

「実はね、実際のところ、わたしも君の変りようには気づいているんだよ」彼は言った。「それがリーザをひどく苦しめていることも、わたしにはわかっている。いったんやりかけたすばらしい仕事をすべて放棄するのが、君にとってどんなに辛《つら》いか、わたしにはわかるよ。しかし、君は何をしたいんだい、何を望《ク・ヴ》んで《ー・チュ》いるんだね？　わたしは旅行でもすることをおすすめしたいね。君も彼女も気持が落ちつくだろうよ。それもね、僕の忠告はクリミヤへ行くことだ。あの気候。あそこなら産科医も優秀だし、しかもぶどうのシーズンのまっさかりにぶつかるからね」

「伯父さん」だしぬけにエヴゲーニイが口を開いた。「僕の秘密を守ってもらえますか、僕にとって恐ろしい秘密を？　恥ずべき秘密なんです」

「やれやれ、わたしを疑ぐるのかね？」

「伯父さん！　伯父さんなら僕を助けられるはずです。助けるというより、僕を救ってほしいんです」エヴゲーニイは言った。尊敬してもいない伯父に自分の秘密を打ち明けるという考え、いちばん不利な光をあてた自分の姿を伯父にさらし、伯父の前で自分をおとしめるという考え、それが彼には快かった。自分を汚らわしい、罪ある人間と感じていたので、わが身を罰したかったのである。

「話してごらん、ねえ、わたしがどんなに君に好意をもっていたか、知っているはずじゃないか」相手に秘密があることにも、そしてそれが恥ずべき秘密であり、その秘密が明かされることにも、また自分でも役に立ちうるということにも、たいそう満足したらしい様子で、伯父が言った。

「何よりもまず言わなければいけないんですが、僕は恥知らずの、人でなしなんです、卑劣漢です、まさしく卑劣漢なんです」

「そんな、君」咽喉《のど》をふくらませながら、伯父が言いかけた。

「そう、恥知らずにちがいないんだ。僕はリーザの夫だというのに、リーザの！　彼女の清純さや愛情を肝に銘じなければいけないんだ。彼女の夫であるこの僕が、百姓女と通じて彼女を裏切ろうとしているとしたら、どうですか?」

「と、つまり、どうしてそんな気になったんだい?　まだ裏切ったわけじゃないんだろう?」

「ええ、つまりは裏切ったも同然なんですよ。なぜって、僕の意志ではどうにもならないんですからね。僕はそのつもりになっていたんです。邪魔が入っただけで、さもなければ今ごろは……今ごろはもう。何をしでかしてたか、わかりませんよ」

「それにしても、説明してくれないか……」

「ええ、そうですね。独身だったころ、僕は愚かにもここの、うちの村のさる女と深い関係になっていたんです。つまり、森や、野原でその女と会っていたんですよ……」

「で、別嬪《べっぴん》なのかね?」伯父が言った。

エヴゲーニイはこの質問に眉《まゆ》をひそめたが、外的な助けがあまりにも必要だったので、この質問がきこえなかったかのように、話をつづけた。

「そんなのはどうってことはない、僕が手を切ればいっさいが終ると、思っていたんです。結婚前に手を切りもしたし、ほとんど一年近く姿も見なければ、彼女のことを考えもしませんでした」自分の言葉を耳にし、自分の状態の描写をきいているのは、エヴゲーニイ自身にとって妙な気持だった。「それから突然、なぜだかわかりません、まったく時おりは魔力を信じたくなりますけど、彼女の姿を見たとたん、悪い虫が僕の心に入りこんで、心を刺すんです。僕は自分の行為の、つまり自分がいつなんどきやりかねないことの恐ろしさをわかっているので、自分を罵《ののし》るんだけど、みずからそれに向ってすすんで行ってしまうんです。まだしでかしていないとしても、それは神さまが救ってくださっただけの話です。昨日も彼女のところへ行こうとしたとき、リーザによばれたんです」

「何だって？　あの雨の中をかい？」

「でも僕は疲れきってしまったんですよ、伯父さん、だから伯父さんに打ち明けて、力を貸してもらおうと思ったんです」

「そう、もちろん自分の領地じゃ、それはまずいな。ばれるからね。わかるよ、リーザは身体《からだ》が弱いし、いたわってやらにゃいかんからね。しかし、どうして自分の領地でなんか？」

またしてもエヴゲーニイは、伯父の話すことを耳に入れぬように努め、手取り早く問題の本質に移った。

「僕を僕自身から救ってください。僕は伯父さんにこういうことを頼みたいんです。

今日は偶然、邪魔が入ったけれど、明日は、この次は、邪魔も入らないでしょう。彼女も今では知っています。だから僕を一人で出さないようにしてください」

「うん、そういうことにしてもいいね」伯父が言った。「それにしても、そんなに惚《ほ》れてるのかい？」

「ああ、全然そんなんじゃないんですよ。そんなんじゃなくて、何かの力が僕をひっつかまえて、抑えているんです。どうすればいいのか、僕にはわからない。ひょっとして、意志が強くなれば、そのときは……」

「そう、わたしの考えではこういうことになるね」伯父が言った。「クリミヤに行こうじゃないか」

「ええ、ええ、行きましょう、さしあたりは伯父さんといっしょにいて、話をしましょうよ」

18

エヴゲーニイが自分の秘密と、そして特にあの豪雨の日のあと自分の経験した良心の呵責《かしゃく》や恥ずかしさを伯父に打ち明けたことは、彼を正気に返らせてくれた。ヤルタ旅行は一週間後ときまった。その一週間のうちに、彼は旅行の費用を作りに町へ行ってきたり、自宅や事務所から経営の指図《さしず》をしたりして、ふたたび快活になり、妻とも親密になって、精神的に生き返りはじめた。

こうして、あの豪雨の日以後一度もステパニーダの姿を見ぬまま、彼は妻とクリミヤに出発した。クリミヤで彼らは二カ月を快適にすごした。エヴゲーニイには、新しい印象があまりたくさんあるので、以前のものはすべて思い出からすっかり拭《ぬぐ》い去られたような気がしたほどだった。クリミヤで彼らは以前の知人たちに会って、特に親しくなったし、そのうえ、新しい知己も作った。クリミヤでの生活はエヴゲーニイにとって、ぶっつづけの祭日だったし、それだけではなくさらに、有益であり、教訓的でもあった。彼らは自分たちの県の前貴族会長と親しくなったが、聡明《そうめい》なリベラリストである前貴族会長はエヴゲーニイに好意をよせ、教育して、自分の陣営に引き入れた。八月末にリーザがかわいらしい、健康な女の子を産み、しかもお産は思いがけなく非常に軽かった。

九月にイルチェーニェフ夫妻は、今度はもう子供と、リーザが乳が出ないための乳《う》母《ば》と四人連れで、わが家に帰ってきた。以前の恐怖からすっかり解放されたエヴゲーニイは、まったく新しい幸福な人間となって、自分に立ち返った。世の夫たちがお産の際に経験する気持をすべて味わったあと、彼はいっそう強く妻を愛するようになった。両手に抱いてみたときの子供に対する感情は、くすぐったいような、おかしなもので、新しい、実にこころよい気持だった。生活面でのもう一つの新しい点は、今や、領地経営のほかに、前貴族会長ドゥームチンとの親交のおかげで、ある程度は名誉欲から、ある程度は義務意識からの、県会という新しい関心が生れたことだった。十月に臨時議会があることになっており、そこで彼が選出されるはずだった。家に帰ったあと、彼は一度は町へ、もう一度はドゥームチンのところへ顔をだしてきた。

誘惑と葛藤《かっとう》の苦しみなど、考えることも忘れたし、脳裡《のうり》に思い起すのがやっとなほどだった。あんなことは、何か狂気の発作にかかったためのように思われた。

今ではすっかりそこから解放された自分を感じていたので、彼は二人きりになった最初の機会に、管理人に消息をきいてみることさえ恐れぬほどだった。管理人とはこの件で話したことがあったため、きくのも恥ずかしくなかった。

「どうなんだい、シードル・ペチニコフは相変らず家で暮していないのかい？」彼はきいてみた。

「ええ、ずっと都会暮しです」

「で、細君は？」

「ああ、くだらねえ女でさあ！　このごろはジノヴェイとくっついてますよ。すっかり尻軽《しりがる》になっちまって」
『そいつは結構なことだ』エヴゲーニイは思った。『ふしぎなくらい、俺にはどうってことないな、俺もすっかり変ったもんだ』

19

エヴゲーニイの望んでいたことは、ことごとく実現した。領地は手放さずにすんだし、工場も活動しはじめ、甜菜《てんさい》の収穫はすばらしく、莫大《ばくだい》な収入が予想された。妻は無事に出産し、妻の母は帰って行った。そして彼は満場一致で選出された。

選挙のあと、エヴゲーニイは町から帰路についた。みなに祝ってもらったので、答礼しなければならなかった。そこで彼は昼食会を催し、シャンパンをグラスに五杯も干した。今やまったく新しい数々の生活のプランが思い描かれた。馬車でわが家に向いながら、彼はそれらのプランを考えていた。初秋のさわやかな日和《ひより》だった。旅は快適で、太陽はまばゆいばかりだった。エヴゲーニイは、今度の選挙の結果、自分がかねがね夢みていた、まさにその地位を民衆の間で占めることになるのだ、つまり、労働を提供する生産によってだけではなく、直接の影響力によっても民衆に奉仕することのできる地位を占めるようになるのだ、ということを考えていた。三年後に自分の村やよその農民たちが彼をどう評価するだろうかと、彼は想像した。『たとえば、あの百姓にしても』ちょうどこのときは村の中を通って行くところだったが、水のいっぱい入った手桶《ておけ》をさげて道を横切ろうとしていた百姓と若い女を眺《なが》めながら、彼は思った。百姓たちは馬車をやりすごすため、立ちどまった。百姓はペチニコフ老人で、女はステパニーダだった。エヴゲーニイは女を眺めて、彼女だと知ったが、自分がまったく冷静でいられたのを感じて嬉《うれ》しかった。彼女は相変らず器量よしだったが、そのことも少しも彼の心を打たなかった。彼は家についた。妻が表階段で出迎えた。すばらしい夕方だった。

「どうでしたの、お祝いを言ってもいいんでしょう?」

「うん、選ばれたよ」

「よかった。祝杯をあげなければいけないわね」

翌朝、エヴゲーニイはなおざりにしていた領地経営を見まわりに出た。農場では新しい脱穀機が動いていた。機械の仕事ぶりを眺めながら、エヴゲーニイは女たちを気にとめぬよう努めて、女たちの間を歩いてまわった。しかし、どんなに努力しても、彼は二度ほど、藁《わら》を運んでいるステパニーダの黒い瞳《ひとみ》と赤いプラトークに気づいた。二度ほど彼女に横目を走らせ、またしても何かが生じたのを感じたが、自分でもはっきりわからなかった。その翌日、また農場の打穀場に出かけて、まったくそんな必要はないのに二時間もそこにねばり、若い女のなつかしい美しい姿をたえず目で探し求めていたときになって、はじめて彼は、自分が破滅したことを、もはやまったく救いがたく破滅したことを感じた。またしても例の苦しみが、またしても例の戦慄《せんりつ》と恐怖がやってきたのだ。そして救いはなかった。

予期していたとおりのことが、彼の身に生じた。翌日の夕方、自分でもどうしてかわからぬうちに彼は、彼女の裏庭の、秋に一度だけ逢引《あいび》きしたことのある乾草《ほしくさ》小屋の前に来ていた。散歩をしているようなふりをしながら、彼はそこに立ちどまって、煙草《たばこ》に火をつけた。隣家の女が彼の姿に気づいたので、彼は引き返したが、女がだれかにこう言っているのがきこえた。

「行っておやりよ、待ちこがれてるじゃないか、今にも焦《こ》がれ死にしそうな顔で立ってるよ。行っておやりったら、ばかだねえ！」

一人の女が――彼女だった――乾草小屋の方へ走って行くのが見えたが、彼は百姓に出会ってしまったため、もはや後戻りするわけにもゆかず、家に帰った。

20

客間に戻ってきてみると、何もかもが奇怪で不自然に思われた。今朝はまだ、もうやめよう、忘れよう、考えたりすまいという決意を固めて、起きたのだった。だが、自分でもどうしてか気づかぬまま、彼はその朝ずっと仕事に興味がわかなかったばかりか、仕事から解放されようと努めてさえいた。これまで重要に思われ、彼を喜ばせていたものが、今やくだらぬことになった。彼は無意識のうちに仕事から解放されようと努めていた。よく考え、判断するために、解放される必要があるのだという気がしていた。そして彼は仕事から解放され、一人になった。ところが、一人になるやいなや、さっそく庭や森をぶらつきに出かけたのである。それらの場所はすべて思い出によって、心を捉《とら》える思い出によって汚《けが》されていた。庭を歩きながら、自分は何事かを思いめぐらしているのだと心に言いきかせはするものの、何一つ思いめぐらしているわけではなく、当てもないのに狂おしく彼女を待っているのを、彼は感じた。自分がこれほど彼女を欲しているのを何かの奇蹟《きせき》で彼女がさとって、ここなり、どこかだれにも見られぬところなりへ突然来てくれることを、さもなければ、だれ一人、彼女自身にさえ自分の姿が見えぬような、月のない夜ふけ、そんな夜ふけに彼女が忍んで来てくれ、彼女の身体に触れることを、自分は待ち望んでいるのだと、彼は感じた……

『そう、現にその気になれば、手を切れたんだからな』彼は自分自身に言った。『そうさ、健康のために、清潔な健康な女と関係を結んだんだ！　そう、きっと彼女をあんなふうに弄《もてあそ》んじゃいけないんだ。俺《おれ》が彼女をとりこにしたとばかり思っていたのに、彼女が俺をとりこにし、しっかりつかまえて放さなかったのだ。とにかく俺は自由だと思っていたのに、自由じゃなかったんだからな。結婚したとき、俺は自分を欺《あざむ》いていた。何もかもたわごとで、欺瞞《ぎまん》だったんだ。彼女と結ばれたとき以来、俺は新しい感情を、夫としての本当の感情をいだいていた。そうだ、俺は彼女と結婚しなければいけなかったんだ』

『そう、俺には二つの人生がありうる。一つは俺がリーザとはじめた人生だ。勤め、領地経営、子供、世人の尊敬。この人生なら、あの女が、ステパニーダがいないことが必要だ。前に言ったように、あの女を追い払うか、二度と姿を見せぬよう消してしまわなければいけない。もう一つの人生は、ここにある。夫からあの女を奪い、夫に金を与え、恥も外聞も忘れて、あの女と暮すのだ。だが、そのときにはリーザとミミー（子供）がいなくなることが必要だ。いや、なに、子供は邪魔にならないが、リーザのいなくなることが、実家へ帰ってくれることが必要なのだ。彼女が感づいて、呪《のろ》い、実家へ帰ってくれればいいんだ。俺が妻を百姓女に見かえたことを、俺が嘘《うそ》つきの卑劣漢であることを、知ってくれるといい。いや、それはあまりにもひどい！　それはだめだ。しかし、そうなるかもしれないな』彼は考えつづけた。『そうなるかもしれない。リーザは病気になって、死んでしまうだろう。死んでくれたら、万事うまく行くんだが』

『うまく行くだと！　ああ、人でなしめ。違う、死ぬんだとすれば、あの女だ。あの女が、ステパニーダが死んでくれたら、どんなにいいことだろう』

『そう、こんなふうにして妻や情婦を殺したり、毒を飲ませたりするんだな。ピストルを持って、誘いだして、抱擁のかわりに、胸にぶちこむか。そうすりゃ終りなんだ』

『だってあの女は悪魔だからな。まさしく悪魔だ。なにしろ俺の意志に反して、俺を骨ぬきにしちまったんだから』

『殺すか！　うん。ただ解決法は二つあるんだ。妻を殺すか、あの女を殺すかだ。なぜってこんなふうに生きてゆくことはできないからな。できないとも。十分考えて、予想する必要があるぞ。いつまでも今のままでいたら、いったいどういうことになる？』

『またしても、俺は望んでいないんだとか、もうやめるとか自分の心に言いながら、そう言ってみるだけで、夜になれば裏庭へ忍んで行き、あの女も心得ていて、やってくるという事態になるんだ。でなければ、みんなが感づいて妻に告げ口するか、俺が自分の口から言うだろう。なぜって、嘘をつくことはできないし、こんなふうに生きてゆくこともできないからな。できないとも。いつかはばれる。パラーシャも、鍛冶《かじ》屋《や》も、みんなが感づくんだ。え、どうだ、こんなふうに生きてゆけると思ってるのか？』

『できやしないさ。解決法は二つしかないんだ。妻を殺すか、あの女を殺す。そのほか……あ、そうか、第三の道があった。自分を殺すんだ』彼は低く声にだして言った。突然、肌《はだ》を寒気が走りぬけた。『そう、自殺だ。そうすれば二人を殺す必要もない』この解決法だけが可能だと感じたため、彼は恐ろしくなった。『ピストルはある。本当に俺は自殺するんだろうか？　こんなおかしなことになるとは、一度も考えなかったな』

彼は自分の部屋に戻り、すぐにピストルのしまってある戸棚《とだな》を開けた。だが開けるか開けないうちに、妻が入ってきた。

21

　彼はピストルの上に新聞紙をかぶせた。

「またはじまったのね」彼をちらと見て、彼女はおびえたように言った。

「何がだい？」

「以前にも見せたことのある、あのこわい顔つき。あのときはあたしに教えてくれようとしなかったわ。ジェーニャ、ねえ、あたしに話して。あなたが苦しんでいるのがわかるのよ。あたしに話せば、楽になるわ。たとえどんなことでも、あなたがそうして悩んでいるのよりずっとましだもの。何もわるいことなんかないって、あたしにはわかっているのよ」

「わかっている？　まあ、いずれな」

「話して、ねえ、話して。あなたを逃がしやしなくってよ」

　彼はみじめな微笑をうかべた。

『言っちまおうか？　いや、そんなことはできない。それに何も話すことはないし』

　ことによると、言ってしまいかねなかったが、このとき、乳母が散歩に出てもいいかどうかをたずねに、入ってきた。リーザは赤ん坊の身支度をさせに出て行った。

「それじゃ話してくださるわね？　今すぐ戻るわ」

「うん、たぶんね……」

夫がこう言ったときの苦しげな微笑を、彼女は決して忘れることができなかった。彼女は出て行った。

盗人のようにこそこそと、あわててピストルをつかむと、彼はケースから出した。『弾丸《たま》はこめてある。うん。しかしだいぶ以前のことだし、弾丸が一発足りないな。まあ、なるようになれだ』

こめかみに当てて、ためらいかけたが、ステパニーダのことや、もう会うまいという決意、心の内の葛藤《かっとう》、誘惑、堕落、そしてふたたび葛藤を思いだしたとたん、おぞましさに身ぶるいした。『じゃ、このほうがましだ』そして引金を引いた。

リーザが部屋に駆けこんだとき――彼女はバルコニーから下りたばかりのところだった――彼は床にうつぶせに倒れ、どすぐろい温かい血が傷口からほとばしって、身体《からだ》はまだひくひくとふるえていた。

審理が行われた。だれ一人、自殺の原因を理解することも、説明することもできなかった。伯父にしても、二カ月前エヴゲーニイがしたあの告白と、自殺の原因とに何らかの共通点があろうなどとは、ついぞ頭にうかびもしなかった。

ワルワーラ・アレクセーエヴナは、かねがね自分はこうなることを予言していたものだと言い張った。彼と議論したときに、それがわかったという。リーザとマリヤ・パーヴロヴナはどちらも、なぜこんなことになったのか、まったく理解できなかったが、それでもやはり、彼が精神異常だったという医師たちの説は信じなかった。自分たちの知っている何百の人間より彼がずっと健全な常識をそなえていたことを知っていただけに、どうしてもそんな説には同意できなかった。

そして事実、もしエヴゲーニイ・イルチェーニエフが精神異常だったとしたら、あらゆる人間が同じように精神異常であり、それらの精神異常者の中でもいちばん確実なのは、他人の内に狂気の徴候を見いだし、自分の内にそれを見いださぬ人々にほかならない。

解説

原《はら》卓《たく》也《や》

一八八〇年代の後半から九〇年代のはじめにかけて、トルストイは性の問題をテーマとした作品や評論を熱心に書きつづけた。戯曲『闇《やみ》の力』、ここに訳出した『クロイツェル・ソナタ』と『悪魔』、『復活』『神父セルギイ』などの小説や、評論『両性間の関係について』がそれだ。それらのなかでも、この『クロイツェル・ソナタ』と『悪魔』は、性についてのトルストイの考えをもっとも明確に示していると言ってよい。

『クロイツェル・ソナタ』をトルストイが書きはじめたのは、一八八七年の六月頃と推定されている。トルストイは例によって何度も作品を書き改め、手を加えつづけたが、最終稿が完成する前にこの小説は、手書きのコピーで、のちには石版刷りで首都の読書界に広まっていた。これはトルストイ自身のあずかり知らぬことで、高弟チェルトコフや義妹クズミンスカヤの家であずかった原稿の朗読会をひらいた折に、集まった客たちが作品を写して持ち帰ったのだった。トルストイが最終的に脱稿し、先に物故した「ロシア思想」誌の編集長ユーリエフの追悼記念文集におさめるために渡したのは一八九〇年一月であった。しかし、この作品の発表をロシアの検閲は許さなかった。そのため、ソフィヤ夫人は内務大臣ドゥルノヴォに手紙を書き、刊行中のトルストイ全集の第十三巻に『クロイツェル・ソナタ』を収録させてくれるよう頼んだが、これも拒絶された。そこでソフィヤ夫人はみずから首都ペテルブルグにのりこみ、皇帝アレクサンドル三世に嘆願して、ようやく出版許可を取りつけたのである。トルストイは夫人のこうした行動をきわめて不快なものに感じていたのだが、いずれにしても『クロイツェル・ソナタ』という作品は、一八九一年六月にやっと陽の目を拝むことができたのだった。

作品を読めばわかるように、トルストイはこの小説の中で性に関するきわめてストイックな考えと、絶対的な純潔の理想とを披瀝《ひれき》している。男女の性的な関係を彼は三つの段階に分けて考える。第一の段階は、男性に対する女性の隷属《れいぞく》で、女性は男性の性欲に支配され、絶対的貞操を要求される。第二の段階は、男性に対する女性の反抗であり、ここでは女性も権利の平等を要求して性欲を自由にみたす。第三の段階は、偽善の仮面をかぶった道徳で、ここでは両性間にはもはやなんら精神的結びつきはなく、惰性による醜悪な性欲の満足があるだけとなる。

トルストイは、性的欲望こそ、人間の生活のさまざまな悪や不幸、悲劇の源である、と考えていた。『クロイツェル・ソナタ』という作品にトルストイは、十ページ以上もある「あとがき」を付けているが、その中で『クロイツェル・ソナタ』を通して言いたかったこととして、次の五つをあげている。㈠、性行為は健康にとって必要なものという考えは誤りであり、人間は酒や贅沢《ぜいたく》な食事などを節制し、勤労することによって、性的欲望を抑えねばならない。性行為によって生じ得る結果、すなわち子供から、自己を解放しようとしたり、その重荷をもっぱら女性にのみ押しつけたり、結果の生ずるのを予防したりする条件の下での性行為は、卑劣な行いであることを、人は理解しなければいけない。㈡、愛する者同士の性的な結びつきを、詩的な高尚な至福のように考えることをやめなければいけない。㈢、愛の関係の持続にとって子供は障害であるという考えから、避妊したり、子供を作れぬ身体《からだ》にしたりするようなことは、絶対にしてはならないし、妊娠中や、乳で子供を育てている期間には、性行為を控えねばいけない。㈣、子供たちを贅沢に、甘やかに育てることは、いたずらに思春期の苦しみを増大させる結果を招くだけであるから、子供は質実剛健に育てなければいけない。㈤、愛の対象との結合は、神、人類、祖国、学問、芸術などへの奉仕という、人間にふさわしい目的の達成を困難にするだけであることを、理解しなければならない。

この五つのことを見てもわかるように、トルストイは、もっとも望ましいのは絶対の純潔をつづけることであり、それがむりならば徹底的に一夫一婦の原則を守り通して、かりそめの姦淫《かんいん》をもゆるしてはならぬ、と考えていたのだった。彼自身、性の欲望がいかに兇暴《きょうぼう》であり、人間をあやまらせるかを、みずからの体験で知りつくしていたからこそ、ここまで徹底した極論を示さずにはいられなかったのである。

＊　＊　＊

『悪魔』もやはり、性の欲望のおそろしさと罪深さをとりあげた小説である。トルストイがこの作品を書きはじめたのは一八八九年十一月であり、その頃は『フリードリフスの物語』という題名が予定されていた。作品執筆の直接のきっかけとなったのは、『アンナ・カレーニナ』の場合と同様、実際にあった事件だった。トゥーラの予審判事であるフリードリフスという男が、馭者《ぎょしゃ》の妻である百姓女ステパニーダと愛し合うようになり、二人の関係はかなりつづいていたのだが、その後、男はふいにほかの娘と結婚する。ところが結婚して三カ月後に、フリードリフスはかつての情婦ステパニーダをピストルで射殺してしまったのである。

しかし、『悪魔』という作品は、この事件だけにもとづいて書かれたわけではなく、トルストイ自身の苦い過去をも反映しているのだ。ソフィヤ夫人と結婚する少し前まで、トルストイは自分の領地のアクシーニヤ・バズイキナという百姓女と深い関係にあった。トルストイは一時は彼女に、妻に対するような愛情を注ぎ、子供まで設けているのだが、一八六〇年の外国旅行を期にその関係をたちきっている。六二年秋に彼がソフィヤと結婚した直後、『悪魔』の中で描かれているのとそっくり同じように、ソフィヤ夫人が屋敷の床洗いをさせるために村の女たちを集めたところ、その中にこのアクシーニヤが入っており、しかもほかの女たちが意地わるく夫人に、あれが旦那《だんな》さまのお手付きですよと教えたため、夫人はその後ずっとはげしい嫉妬《しっと》に苦しみつづけたという。さらにまた、五十歳くらいのころ、トルストイは召使部屋の料理女ドムナの性的魅力にひかれ、誘惑しそうになったことがあり、そのことも『悪魔』を執筆した一つの動機と言えよう。

このように、『悪魔』はトルストイの私小説的色彩が濃い作品であるため、彼はソフィヤ夫人を傷つけることをおそれて、発表することを断念し、原稿のあることさえ秘密にしていた。一八九八年、兵役を拒否したためにアメリカに移住させられることになったドゥホボル教徒を救援する資金を作ろうとして、『復活』や『神父セルギイ』をイギリスかアメリカの新聞に売ろうと考えた時、最初は『悪魔』もその中に含める予定だったのに、やはり考え直したのも、ソフィヤ夫人への影響を考えたからにほかならない。トルストイの存命中、『悪魔』はついに活字にならなかったのである。

ところで、この作品にはもう一つのバリアントがある。ここに訳出した小説ではエヴゲーニイはピストル自殺するのであるが、小説を書いたあとでトルストイが考えたバリアントによると、エヴゲーニイはステパニーダをピストルで射殺し、裁判で精神異常と認められ、最後にはむざんなアル中患者になるという結末だった。

どちらの結末もその意味するところは同じであり、すでに『クロイツェル・ソナタ』で明確に示した、性に関するストイックな考え方に到達した作家トルストイが、深刻な懺悔《ざんげ》をこめて書いたのが、この『悪魔』という作品にほかならない。

なお、翻訳に際しては、生誕百年記念「国立芸術文学出版所」版の九十巻全集をテキストとして使用したことを付記しておく。

（一九七四年三月）

Title : КРЕЙЦЕРОВА СОНАТА
ДЬЯВОЛ
Author : Лев Н. Толстой

クロイツェル・ソナタ　悪魔《あくま》

新潮文庫　ト－2－7

昭和四十九年六月十日発行
平成十七年七月二十日三十六刷改版
令和五年二月二十日四十三刷

訳者　原《はら》卓《たく》也《や》
発行者　佐藤隆信
発行所　株式会社　新潮社
郵便番号　一六二―八七一一
東京都新宿区矢来町七一
電話　編集部(〇三)三二六六―五四四〇
読者係(〇三)三二六六―五一一一
https://www.shinchosha.co.jp
価格はカバーに表示してあります。
乱丁・落丁本は、ご面倒ですが小社読者係宛ご送付ください。送料小社負担にてお取替えいたします。

印刷・錦明印刷株式会社　製本・錦明印刷株式会社

ISBN978-4-10-206011-7　C0197